內附MP3

Useful sentences for tours!

邊 玩 邊 說

旅遊英語

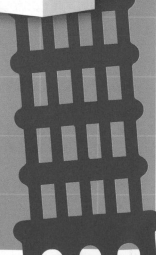

Arthur Quinn（亞瑟肯恩） 著

楊育萍 監修

前言
• Introduction •

想到世界各地旅行，語言不通，英文不好該怎麼辦？
想結交旅伴，卻害怕溝通有問題嗎？
別擔心！讓《邊玩邊說旅遊英語》來幫助你！

英語是目前世界上流通最廣的語言，不管是在台灣，或是在其他國家，
英語都是打開另一個世界的鑰匙、跟外國人溝通的橋梁。
想要結交外國朋友，英語絕對是您的最佳夥伴！

暢遊世界英語必備 4 大招

1. 最有效情境句：針對不同情境，有效句子立即使用

本書精心挑選出國旅遊最常遇到的情境，只要簡單地套用句型並替換想要說的單字，就能立刻跟老外溝通，解決語言不通的窘境！

2. 立即問答：掌握情境式問答，對話能力預先養成

透過問答式的情境對話，讓您更瞭解句型使用的時機點，在一問一答之間，讓您更熟悉英語對話！遇到老外再也不怯場！

3. 最有效句型：精選最實用的句型用法，一看就會

本書特別精選日常生活中最實用的句型，不需要複雜的文法，就能讓您跟老外閒話家常！讓您一看就會，無師自通！

4. 實用會話：實戰情境會話，體驗真實對話技巧

除了精心挑選的實用句型，單元內還附有小專欄，為您講解英文的使用技巧，並補充關於外國人生活中實用的小知識，讓您更加貼近老外的思考，體驗真實的對話技巧！

出國旅遊，再也不怕語言不通

從搭機、預約、入住飯店、交通、用餐、到觀光購物，所有必備情境句完整收錄，
讓你開心旅遊，融入當地，溝通無阻
旅遊英語，這本書最好用！

★ 好用 1：小開本設計，隨身袋著走，臨時需要時立即翻閱，方便不占空間

　　25 開本好用設計，隨身包包就可以帶著走！隨時隨地想看就看，方便又實用！

★ 好用 2：9 大旅遊主題，90 種模擬情境，900 句實用句，輕鬆應付各種狀況

　　精挑 9 大旅遊主題，輕鬆應付各種情況，讓您跟老外聊天不用擔心沒話題！90 種模擬情境讓您更快上手！面對哪種狀況都能處變不驚！

★ 好用 3：涵括各種情境所需的會話，不用擔心語言問題，隨時出發去旅行

　　不管是過海關、住飯店、觀光、閒聊……等各種您可能會遇到的情境，都應有盡有，讓您什麼時候出國玩，都能輕鬆出遊、暢行無阻！

目錄

• Contents •

Part1 日常簡單用語

Part2 基本數字

Part 3 跟自己有關的話題

① 說說自己

② 介紹家人

③ 談天氣

Part4 旅遊會話

Part 1

日常簡單用語

• Daily Conversation •

日常簡單用語
· Daily Conversation ·

1 你好

●MP3-1：01

❶ Hello.
你好！

❷ Hi.
嗨！

❸ Good morning.
早安。

❹ Good afternoon.
午安。

❺ How do you do?
您好嗎？（初次見面）

❻ How are you?
你好嗎？

❼ Nice to meet you!
很高興認識你！

❽ How's it going?
最近過得如何？

❾ What's up?
你好嗎？（輕鬆語氣）

❿ Good to see you (again).
真高興(再)見到你。

小小專欄

★ 很多人都有過這種經驗就是當外國朋友突然給你一句[How are you?] 立即就開始緊張起來，腦筋裡不停湧現教科書裡的制式回答。 其實外國人說[How are you?]就是想對你說 "你好，哈囉。" 只不過是一般寒暄。 你不回答也可以的，但是禮貌性我們還是會給點反應像是， [Doing great/ Fine, Thanks.] 更或者回問他[How are you?] 下次遇到外國人試看看，別緊張喔！

2 再見

● MP3-1: 02

❶ Good-bye.
再見！

❷ Bye Bye.
再見！

❸ See you later.
回頭見。

❹ Later.
待回見。

❺ Good night.
晚安！

❻ Have a nice day.
祝你有美好的一天。

❼ Have a good flight.
一路順風。

❽ Take care.
保重。

❾ Take it easy.
再見。

❿ See you next time.
下次再見囉！

⓫ See you around.
等會見！

小小專欄

★ 除了上述不同說法的再見，現在美國年輕族群常用 "peace out/chill out" 來說
再見。下次遇到外國朋友不妨試看看。

❶ Yes. / Yeah.
是的。

❷ Yeah, right.
是的，沒錯。

❸ I see. / I think so.
我明白。

❹ Oh, that's why.
原來如此。

❺ No, thank you.
不，謝謝你。

❻ I don't think so.
我不這麼認為。

❼ That's ok.
沒關係。

❽ OK.
好/沒問題。

❾ Sure.
當然。

❿ Maybe.
可能吧。

⓫ Really?
真的嗎？

4 謝謝

● MP3-1: 04

1 **Thank you very much.**
非常感謝。

2 **Thanks.**
謝謝。

3 **Wow, that's so nice of you.**
哇，你真好。

4 **Thanks for your help.**
謝謝你的幫忙。

5 **Thanks for your time.**
謝謝你抽空。

6 **Thanks a million.**
萬分感謝。

7 **Thanks a lot.**
真的很謝謝你。

8 **Thanks. I owe you one.**
謝謝。我欠你一個人情。

9 **Thanks. I'd love to.**
謝謝。這是我的榮幸。

1 **You're welcome.**
不客氣

2 **Well, don't worry about it.**
不必客氣。

3 **Not at all.**
不客氣。

4 **No problem.**
沒問題。

5 **My pleasure.**
這是我的榮幸。

6 **Oh, it's nothing.**
喔！那沒什麼。

7 **Really, it's nothing much.**
真的！那沒什麼。

8 **Don't mention it.**
不要在意！

9 **No worries.**
別擔心。

10 **What are friends for?**
要不然朋友是做什麼用的？(別跟我客氣)

6 對不起

MP3-1: 06

❶ I'm sorry.
我很抱歉。

❷ Sorry.
對不起。

❸ I apologize.
我道歉。

❹ I'm sorry about that.
我對那事感到遺憾。

❺ Oops. Sorry.
噢⋯對不起。

❻ Please forgive me.
請原諒我。

小小專欄

★ 對於道歉的回答

[Don't worry about it.] 沒事，別放心上。

[It's no big deal.] 沒什麼大不了。

[Never Mind] 不必在意。

[That's alright.] 沒事兒。

7 借問一下

1 Excuse me.
對不起。

2 Excuse me, sir / ma'am.
不好意思,請問先生／小姐。

3 Would you please tell me...?
請你告訴我…好嗎?

4 Does anybody know...?
有誰知道…的嗎?

5 Excuse me, do you have a minute?
對不起,能打擾你一分鐘嗎?

6 Sorry to bother you, but...
很抱歉打擾你,不過…。

7 May I ask...
我可以問／請求…。

8 請再說一次

1 Pardon?
請再說一次好嗎?

2 Excuse me?
請再說一次好嗎?

3 Could you please repeat that?
可以請你重複一遍嗎?

4 Do you mind saying that again?
你介意再說一遍嗎?

5 I'm sorry, I didn't catch that.
對不起,我剛剛沒有聽到。

6 What did you say?
你剛剛說什麼?

9 感歎詞

❶ Gosh!
(表示驚奇等)啊！糟了！

❷ Gee!
(表示驚訝、讚賞等)哇！咦！啊！

❸ Well!
這個嘛！

❹ Shoot!
糟糕！

❺ Oops!
哎喲！

❻ Come on!
得了吧！

❼ Oh, my!
噢，天啊！

❽ No way!
怎麼可能！

❾ Cool!
酷！

❿ Great!
太棒了！

旅遊筆記

Part 2

基本數字

• Basic Numbers •

1 數字／金額　　●MP3-1: 10

A **How many?**

多少？

B **—Six.**

—<u>6</u>。

123…

☐ 1 **one**	☐ 6 **six**	☐ 11 **eleven**	☐ 16 **sixteen**
☐ 2 **two**	☐ 7 **seven**	☐ 12 **twelve**	☐ 17 **seventeen**
☐ 3 **three**	☐ 8 **eight**	☐ 13 **thirteen**	☐ 18 **eighteen**
☐ 4 **four**	☐ 9 **nine**	☐ 14 **fourteen**	☐ 19 **nineteen**
☐ 5 **five**	☐ 10 **ten**	☐ 15 **fifteen**	☐ 20 **twenty**

☐ 21	☐ 31	☐ 41	☐ 51
twenty-one	**thirty-one**	**forty-one**	**fifty-one**
☐ 22	☐ 32	☐ 42	☐ 52
twenty-two	**thirty-two**	**forty-two**	**fifty-two**
☐ 23	☐ 33	☐ 43	☐ 53
twenty-three	**thirty-three**	**forty-three**	**fifty-three**
☐ 24	☐ 34	☐ 44	☐ 54
twenty-four	**thirty-four**	**forty-four**	**fifty-four**
☐ 25	☐ 35	☐ 45	☐ 55
twenty-five	**thirty-five**	**forty-five**	**fifty-five**
☐ 26	☐ 36	☐ 46	☐ 56
twenty-six	**thirty-six**	**forty-six**	**fifty-six**
☐ 27	☐ 37	☐ 47	☐ 57
twenty-seven	**thirty-seven**	**forty-seven**	**fifty-seven**
☐ 28	☐ 38	☐ 48	☐ 58
twenty-eight	**thirty-eight**	**forty-eight**	**fifty-eight**
☐ 29	☐ 39	☐ 49	☐ 59
twenty-nine	**thirty-nine**	**forty-nine**	**fifty-nine**
☐ 30	☐ 40	☐ 50	☐ 60
thirty	**forty**	**fifty**	**sixty**

☐ 70	☐ 80	☐ 90
seventy	**eighty**	**ninety**

☐ 100	☐ 190
one hundred	**one hundred and ninety**
☐ 110	☐ 200
one hundred and ten	**two hundred**
☐ 120	☐ 300
one hundred and twenty	**three hundred**
☐ 130	☐ 400
one hundred and thirty	**four hundred**
☐ 140	☐ 500
one hundred and forty	**five hundred**
☐ 150	☐ 600
one hundred and fifty	**six hundred**
☐ 160	☐ 700
one hundred and sixty	**seven hundred**
☐ 170	☐ 800
one hundred and seventy	**eight hundred**
☐ 180	☐ 900
one hundred and eighty	**nine hundred**

☐ 1000	☐ 8000
one thousand	**eight thousand**
☐ 1001	☐ 9000
one thousand and one	**nine thousand**
☐ 2000	☐ 一萬
two thousand	**ten thousand**
☐ 3000	☐ 十萬
three thousand	**one hundred thousand**
☐ 4000	☐ 一百萬
four thousand	**one million**
☐ 5000	☐ 一千萬
five thousand	**ten million**
☐ 6000	☐ 一億
six thousand	**one hundred milion**
☐ 7000	☐ 十億
seven thousand	**one billion**

小小專欄

★ 美國硬幣（**coin**）種類
  Cent/Penny 分
  1 Nickel = 5 cents
  1 Dime = 10 cents
  1 Quarter = 25 cents
  1 Dollar = 100 cents

★ 一千美元= **one thousand dollars**
              = **one Grand** (口語用法)
  half Grand = 500元
  所以一萬元就是 **ten Grand**
  十萬元就是 **One hundred Grand**

A **When is your test?**

你什麼時候考試？

B **—This <u>Friday</u>.**

—這<u>星期五</u>。

☐ 星期天	☐ 星期四
Sunday	**Thursday**
☐ 星期一	☐ 星期五
Monday	**Friday**
☐ 星期二	☐ 星期六
Tuesday	**Saturday**
☐ 星期三	
Wednesday	

小小專欄

★ "**Weekday**" 指的是星期一到星期五。

★ "**Weekend**" 指的是假日星期六跟星期天。

3 時間　　　　　　　　●MP3-1: 12

A **What time is it now?**

現在幾點了？

B —It's <u>six o'clock</u>.

一現在<u>六點</u>。

□ 一點鐘	□ 七點鐘
one o'clock	**seven o'clock**
□ 兩點鐘	□ 八點鐘
two o'clock	**eight o'clock**
□ 三點鐘	□ 九點鐘
three o'clock	**nine o'clock**
□ 四點鐘	□ 十點鐘
four o'clock	**ten o'clock**
□ 五點鐘	□ 十一點鐘
five o'clock	**eleven o'clock**
□ 六點鐘	□ 十二點鐘
six o'clock	**twelve o'clock**

☐ 6點	☐ 6點24分
six(o'clock)	**six twenty-four**
☐ 6點10分	☐ 6點30分
six ten	**six thirty**
☐ 6點15分	☐ 6點54分
six fifteen	**six fifty-four**

小小專欄

★ 5:30 — **It's a half after five.**
  5:15 — **It's a quarter after five.**
  5:45 — **It's a quarter to six.**

🖊 好用單字

☐ 10分鐘	**10 minutes**
☐ 15分鐘	**15 minutes**
☐ 30分鐘	**30 minutes**
☐ 1個小時	**an (1) hour**
☐ 2個小時	**2 hours**
☐ 2個半小時	**2 and half hours**
☐ 一天	**one day**
☐ 半天	**half a day**
☐ 再5分四點	**5 minutes before four o'clock**
☐ 再10分八點	**10 to 8**
☐ 30分內	**in 30 minutes**
☐ 1小時內	**in an hour**
☐ 幾分鐘以內	**in a few minutes**
☐ 上午（中午12點以前）	**a.m.**
☐ 下午（下午1點以後）	**p.m.**

A **What's the date today?**

今天是幾月幾號？

B —It's <u>May</u> 5th.

—今天是<u>五月</u>五號。

□ 一月	□ 七月
January	**July**
□ 二月	□ 八月
February	**August**
□ 三月	□ 九月
March	**September**
□ 四月	□ 十月
April	**October**
□ 五月	□ 十一月
May	**November**
□ 六月	□ 十二月
June	**December**

小小專欄

★ 若要問今天幾月幾號 [What's the date today?]

★ 若要問今天星期幾 [What day is (it) today?]

5 日期

MP3-1: 14

A **When is your birthday?**

你什麼時候生日?

B **—It's August 21st.**

一是八月二十一日。

一日	七日
the first / 1st	**seventh / 7th**
二日	十一日
the second / 2nd	**eleventh / 11th**
三日	十二日
the third / 3rd	**twelfth / 12th**
四日	二十二日
the fourth / 4th	**22nd**
五日	二十三日
the fifth / 5th	**23rd**
六日	三十一日
sixth / 6th	**31st**

小小專欄

★ 注意 "21st" 的唸法，要唸 "Twenty First" 而不是唸 "Twenty one"。

★ "22nd" 的唸法，要唸 "Twenty Second" 而不是唸 "Twenty two"。

Part 3

跟自己
有關的話題

· Talk about yourself ·

① 説説自己

① 我的名字　　　●MP3-1: 15

Ⓐ What's your name?

你叫什麼名字？

Ⓑ —My name is <u>Meg Ryan</u>.

—我叫<u>梅格萊恩</u>。

□ 陳美玲	□ 大衛舒茲
Meiling Chen	**David Shultz**
□ 金博撒冷	□ 吳明
Kimber Salen	**Ming Wu**
□ 鈴木山崎	□ 芮妮布迪厄
Suzuki Yamazaki	**Renee Boudrieu**

小小專欄

★ 除了 **[My name is Meg.]** 介紹自己的名字時也可以這樣用 **[You can call me Meg.]**
　（你可以叫我**Meg**）

2 我姓史密斯　　●MP3-1: 16

A What's your last name?

你姓什麼？

B —Smith.

一史密斯。

□ 詹森	□ 威爾遜
Johnson	**Wilson**
□ 威廉	□ 莫爾
William	**Moore**
□ 瓊斯	□ 泰勒
Jones	**Taylor**
□ 布朗	□ 安德森
Brown	**Anderson**
□ 大衛	□ 湯瑪士
David	**Thomas**
□ 米勒	□ 傑克遜
Miller	**Jackson**

□ 懷特	□ 賈西亞
White	**Garcia**
□ 哈利	□ 馬丁尼茲
Harley	**Martinez**
□ 馬丁	□ 羅賓森
Martin	**Robinson**
□ 湯馬士	
Thompson	

📖 例句

❶ Hello, I'm Terry.
你好，我是泰利。

❷ My first name is Meiling and my family name is Chen.
我的名字是美玲，姓陳。

❸ How do you do?
您好。

❹ Nice to meet you.
很高興認識你。

❺ Glad to meet you.
很高興認識你。

❻ Pleased to meet you.
很高興認識您。

⑦ It's a pleasure to meet you.
很榮幸認識您。

⑧ What's your name?
你叫什麼名字？

⑨ How are you today?
你今天過的如何？

⑩ How is everything?
一切都還好吧？

小小專欄

★ 跟初次見面的人，一般用[How do you do?] 來問候對方，這時候對方要重複這
一句話來回敬問候，而且一般不做具體的回答。也就是，

How do you do?
― How do you do?

★ 相對地，跟自己熟悉的人見面時，一般用[How are you?] ，這時候對方通常要
作出回答。例如，

How are you?
― Fine,thank you.

★ [Nice to meet you.] 也是第一次見面寒暄致意用的，說法比[How do you do?]
親切、隨和。第一次見面，跟對方寒暄致意以後，接下來的話題一般是詢問對
方的工作或是學習（旅行）情況。

A **Where are you from?**

你從哪裡來？

B **—I'm from <u>Taiwan</u>.**

—我來自<u>台灣</u>。

☐ 中國 **China**	☐ 印度 **India**
☐ 美國 **the U.S.A**	☐ 新加坡 **Singapore**
☐ 日本 **Japan**	☐ 馬來西亞 **Malaysia**
☐ 加拿大 **Canada**	☐ 菲律賓 **the Philippines**
☐ 韓國 **Korea**	☐ 泰國 **Thailand**
☐ 北韓 **North Korea**	☐ 俄羅斯 **Russia**

1

□ 瑞典

Sweden

□ 瑞士

Switzerland

□ 英國

England

□ 法國

France

□ 西班牙

Spain

□ 義大利

Italy

□ 德國

Germany

□ 荷蘭

the Netherlands

□ 希臘

Greece

□ 古巴

Cuba

□ 墨西哥

Mexico

□ 阿根廷

Argentina

□ 智利

Chile

□ 巴西

Brazil

□ 秘魯

Peru

□ 澳大利亞

Australia

□ 紐西蘭	□ 肯亞
New Zealand	**Kenya**

□ 埃及
Egypt

小小專欄

★ 我們看到老外，常喜歡問[**Where are you from?**] 或者是[**Where do you come from?**] ，意思是 "你來自哪裡?" 這可是具有 "你在哪裡出生?" 跟 "你在哪裡成長?" 兩重意義的喔！所以回答的時候，可以根據當時的會話內容，選擇回答的方式。

★ 如果有人問 [**Where are you from?**]，回答 [**I am from Taiwan**] 跟 [**I come from Taiwan**] 均可。但是要小心不可以說 [**I am come from Taiwan.**] 因為 "am" 跟 "come" 都是動詞所以不能這麼用。

★ 在被問到故鄉時，美國人習慣以居住時間最久的地方來回答。例如，

Where are you from?

— I was born in Los Angeles, but I grew up in Boston.

Where do you come from?

— I come from Taipei.

4 我住在台北　　●MP3-1:18

A Where do you live?

你住哪裡？

B —I live in <u>Taipei</u>.

一我住在<u>台北</u>。

□ 北京(中國) **Beijing(China)**	□ 新加坡(新加坡) **Singapore(Singapore)**
□ 華盛頓(美國) **Washington(U.S.A)**	□ 吉隆坡(馬來西亞) **Kuala Lumpur (Malaysia)**
□ 東京(日本) **Tokyo(Japan)**	□ 馬尼拉(菲律賓) **Manila(Philippines)**
□ 首爾(南韓) **Seoul(Korea)**	□ 曼谷(泰國) **Bangkok(Thailand)**
□ 平壤(北韓) **Pyongyang (North Korea)**	□ 羅馬(義大利) **Rome(Italy)**
□ 新德里(印度) **New Delhi(India)**	□ 倫敦(英國) **London(England)**

☐ 巴黎(法國) **Paris(France)**	☐ 雅典(希臘) **Athens(Greece)**
☐ 馬德里(西班牙) **Madrid(Spain)**	☐ 哈瓦那(古巴) **Havana(Cuba)**
☐ 伯恩(瑞士) **Bern(Switzerland)**	☐ 墨西哥城(墨西哥) **Mexico city(Mexico)**
☐ 柏林(德國) **Berlin(Germany)**	☐ 巴西利亞(巴西) **Brasilia(Brazil)**
☐ 莫斯科(俄羅斯) **Moscow(Russia)**	☐ 利馬(祕魯) **Lima(Peru)**
☐ 斯德哥爾摩(瑞典) **Stockholm(Sweden)**	☐ 坎培拉(澳洲) **Canberra(Australia)**
☐ 布宜諾賽利斯(阿根廷) **Buenos Aires (Argentina)**	☐ 威靈噸(紐西蘭) **Wellington (New Zealand)**
☐ 聖地牙哥(智利) **Santiago(Chile)**	☐ 開羅(埃及) **Cairo(Egypt)**
☐ 阿姆斯特丹(荷蘭) **Amsterdam (Netherlands)**	☐ 奈洛比(肯亞) **Nairobi(Kenya)**

1

🈯 **例句**

❶ I'm Taiwanese.
我是台灣人。

❷ Are you from the USA?
你是來自美國的嗎？

❸ I live in Los Angeles.
我住在洛杉磯。

❹ You speak English very well.
你英文說的真好。

❺ I speak a little English.
我會說一點點英文。

❻ How long have you studied English?
你學英文有多久了？

❼ For several months.
學了好幾個月。

❽ Can you speak Chinese?
你會說中文嗎？

❾ I can speak a little bit.
我會說一點點(這種語言)。

❿ Is this your first time visiting here / traveling overseas?
這是你第一次來這裡參觀／出國旅遊嗎？

⓫ Where did you grow up?
你在哪裡長大？

⓬ Nice to meet you.
很高興認識你。

小小專欄

★ 如果對方只是應酬式的稱讚你英文很好，請不要慌張地說："**no**"。請這樣說：**[Thank you, but I only speak a little.]**。這樣回答就很恰當了。

A **What do you do?**

你從事什麼工作?

B —I'm <u>an English teacher</u>.

—我是<u>英文老師</u>。

□ 醫生	□ 電腦程式員
a doctor	**a computer programmer**
□ 護士	□ 記者
a nurse	**a reporter**
□ 律師	□ 學生
a lawyer	**a student**
□ 商人	□ 服裝設計師
a businessperson	**a fashion designer**
□ 作家	□ 警察
a writer	**police officer**

📖 例句

1 **I work in a trading company.**
我在貿易公司工作。

2 **I work for the government.**
我為政府工作。

3 **I run my own business.**
我有自己的事業。

4 **I have a barbershop.**
我開了一家理髮店。

5 **I teach in a university.**
我在大學教書。

6 **I'm a full-time housewife.**
我是全職的家庭主婦。

7 **I'm a homemaker.**
我是家庭主婦。

8 **I'm self-employed.**
我是自己經營做生意。

9 **I'm retired.**
我退休了。

10 **I'm a part-time baby sitter.**
我是兼職的保姆。

小小專欄

★ 在台灣大家還是習慣用 "**housewife**" 來稱呼家庭主婦，但是在西方社會稱呼女性 "**housewife**" 是有點瞧不起人的說法。所以有 "**homemaker**" 這樣的名詞出現，意味建立家庭的人。尊重家庭主婦是建構家庭的重要人物。還有另一種說法叫 "**stay at home mother**" 意指為人母後待在家裡全職照顧小孩跟家庭的女性。

☐ 全職	**full-time**
☐ 兼職	**part-time**
☐ 待業中	**unemployed**
☐ 正在找工作／待職中	**looking for a job**
☐ 剛畢業	**just graduated from school**
☐ 剛退伍	**just got out of the army**

6 我想當棒球選手　　●MP3-1: 20

A **What do you want to be?**

你想要從事什麼工作?

B —**A baseball player.**

一棒球選手。

☐ 作家	☐ 科學家
A writer	**A scientist**
☐ 翻譯員	☐ 總統
A translator	**A president**
☐ 電視節目製作人	☐ 企劃者
A TV producer	**A planner**
☐ 導遊	☐ 護士
A tour guide	**A nurse**
☐ 老師	☐ 音樂家
A teacher	**A musician**
☐ 歌手	☐ 電影明星
A singer	**A movie star**

□ 模特兒	□ 舞蹈家
A model	**A dancer**
□ 律師	□ 程式設計員
A lawyer	**A computer programmer**
□ 流行設計師	□ 外交官
A fashion designer	**A diplomat**
□ 工程師	□ 主播
An engineer	**An anchor**
□ 編輯	□ 牙醫
An editor	**A dentist**
□ 醫生	
A doctor	

7 這是楊先生　　　　🔘 MP3-1: 21

Ⓐ This is Mr. Yang.

這位是楊先生。

Ⓑ —Nice to meet you.

—很高興見到你。

☐ 王
Wang
☐ 陳
Chen
☐ 林
Lin
☐ 黃
Huang
☐ 張
Chang

☐ 李
Li
☐ 吳
Wu
☐ 劉
Liu
☐ 蔡
Cai

2 介紹家人

1 這是我爸爸　　●MP3-1: 22

This is my <u>father</u>.
這是我<u>爸爸</u>。

□ 媽媽	□ 丈夫
mother	**husband**
□ 哥哥	□ 叔叔、舅舅
older brother	**uncle**
□ 弟弟	□ 姨媽、姑姑
younger brother	**aunt**
□ 姊姊	□ 表兄弟姐妹
older sister	**cousin**
□ 妹妹	□ 姪女、外甥女
younger sister	**niece**
□ 妻子	□ 姪子、外甥
wife	**nephew**

□ 兒子	□ 同事
son	**co-worker**
□ 女兒	□ 未婚夫
daughter	**fiance**
□ 祖父	□ 未婚妻
grandfather	**fiancee**
□ 祖母	□ 女朋友
grandmother	**girlfriend**
□ 朋友	□ 男朋友
friend	**boyfriend**
□ 摯友	□ 前男友
best friend	**former boyfriend**
□ 老闆	□ 前女友
boss	**former girlfriend**

📖 例句

1 **I have a daughter.**
我有一個女兒。

2 **They are my parents.**
他們是我的父母。

3 **I'm an only child.**
我是家裡的獨生子（獨生女）。

4 **I don't have any kids.**
我沒有兒女。

5 **I have a brother and two sisters.**
我有一個弟弟和兩個妹妹。

6 **I'm the youngest in my family.**
我是家裡最小的孩子。

7 **My mom passed away.**
我媽媽很早就去世了。

8 **My dad raised us by himself.**
我爸爸獨自撫養我們長大。

9 **He had to work very hard.**
他必須非常辛苦的工作。

10 **We took care of each other.**
我們互相照顧對方。

11 **He never remarried.**
他不會再婚。

12 **We miss our mom very much.**
我們非常想念我們的母親。

小小專欄

★ 若是姻親關係的名稱，則加上 "**in-law**"。例如： "**mother-in-law**" 是婆婆或岳母， "**sister-in-law**" 是妯娌或姨子。

2 哥哥是汽車行銷員　　●MP3-1：23

❶ What does your brother do?
你哥哥從事什麼工作的?

❷ My brother is a car dealer.
我哥哥是汽車經銷商。

❸ He works part-time in a fast food restaurant.
他在一家速食餐廳打工。

❹ My dad has a wedding studio.
我爸爸擁有一間婚紗攝影室。

❺ She's in graduate school.
她就讀研究所。

❻ She works at City Bank.
她在都市銀行工作。

❼ They are florists.
他們是開花店的。

❽ He just got out of the army.
他剛退伍。

❾ He is between jobs.
他正在找工作。

❿ My brother is working on his skill set.
我的哥哥／弟弟從事他技術專長的工作。

⓫ He is looking for a job.
他正在找工作。

⓬ He is interviewing at several firms.
他正在接受許多公司的面試。

小小專欄

★ 在英文中打工的人叫 "part-time worker" 或 "a part-timer" ；而一天工作8小時 的全職人員叫 "a full-time worker" 或 "a full-timer" 。

My sister is a little <u>shy</u>.
我妹妹有一點<u>害羞</u>。

☐ 溫柔	☐ 勤快
gentle	**diligent**
☐ 安靜	☐ 慷慨
quiet	**generous**
☐ 外向	☐ 急性子
outgoing	**hot-tempered**
☐ 固執	☐ 吝嗇的、小氣的
stubborn	**stingy**

例句

1 **My sister is a sweet girl.**
我姐妹是個可愛的女生。

2 **My brother doesn't have a girlfriend.**
我兄弟沒有女朋友。

3 **He is good at sports.**
他擅長運動。

4 **She plays tennis very well.**
她網球打得很好。

5 **She lives in Hong Kong.**
她住在香港。

6 **My father is very easygoing.**
我父親非常隨和。

7 **My friends love my parents.**
我的朋友都很喜愛我的父母親。

8 **My daughter majors in music.**
我女兒主修音樂。

9 **My sister keeps to herself a lot.**
我姐妹很堅持己見。

10 **She's very smart, but she doesn't say much.**
她很聰明，不過她不太發表意見。

11 **She enjoys drawing, reading, and playing the piano.**
她喜歡畫畫、閱讀，和彈鋼琴。

12 **She has a few friends, but she enjoys spending time alone.**
她朋友不多，不過她很喜歡一個人獨處。

2

介紹家人

小小專欄

★ 我們來比較：

[drawing , painting]

drawing：一般是指單純以鉛筆或筆素描的線條畫，或是描化設計而不上色的圖畫。

painting：指的是用帶有顏色的顏料（如水彩，油墨），繪製而成的畫。

☐ 可愛的、小巧玲瓏的	**cute**
☐ 漂亮的、秀麗的	**pretty**
☐ 苗條的、纖細的	**slim**
☐ 胖嘟嘟的、豐滿的	**chubby**
☐ 肥胖的	**fat**
☐ 皮包骨的、極瘦的	**skinny**
☐ 已婚的、有配偶的	**married**
☐ 單身的、未婚的	**single**
☐ 離婚的	**divorced**
☐ 單身漢	**bachelor**

unit

3 談天氣

1 今天真熱 　　　　　　　　● MP3-2: 01

It's <u>hot</u> today.
今天真<u>熱</u>。

□ 涼快的	□ 潮濕的
cool	**humid**
□ 冷的、寒冷的	□ 有霧的、多霧的
cold	**foggy**
□ 多雲的、陰天的	□ 颱風的、多風的
cloudy	**windy**
□ 溫暖的、暖和的	□ 下雨的、多雨的
warm	**rainy**

小小專欄

★ 在國外氣象新聞或氣象網站都會有這樣的字眼：

mostly cloudy 多雲　　**partly cloudy** 晴時多雲
light rain 綿綿細雨　　**incessant rain** 驟雨
heavy rain 暴雨

有機會大家可以留意一下。或者把智慧型手機的天氣 app 設定成英文版，你就會看到這些用法。

例句

1 How's the weather today?
今天天氣如何？

2 The weather is great.
天氣真棒。

3 It's a sunny day.
天氣晴朗。

4 It's raining hard.
下著大雨。

5 It's cloudy.
多雲。

6 It looks like it's going to rain.
天氣看起來好像要下雨。

7 We'll have a typhoon tomorrow.
我們這裡明天颳颱風。

8 Man! It changed so fast.
天啊！天氣變得那麼快。

9 It's pretty windy out there.
外面風還蠻大的。

10 What a clear day!
真是個萬里晴空的日子！

11 What's the temperature?
氣溫幾度？

12 It's 34 degrees.
34度。

13 It's boiling.
今天天氣熱的要沸騰了。

14 It's freezing.
今天冷的要結冰了。

⑮ It's quite pleasant outside today.
今天的天氣很適合做戶外活動。

⑯ There's a light / gentle breeze.
今天有微微的起風。

⑰ It's a little overcast.
今天天色有些陰暗。

3

談天氣

⑱ It's a great day to go outside.
今天是適合出去走走的好日子。

小小專欄

★ 在詢問天氣的時候，一般習慣說 **[What's the weather?]**，也有直接問「氣溫幾度」，這時候就說 **[What's the temperature?]**，而回答就說**[It's…degress.]**。

★ **[How's the weather today?]** 的 "**How's**" 是 "**How is**" 的縮寫。

★ 在美國，日常生活所使用的溫度單位是 "**fahrenheit**"。攝氏零度等於華氏的三十二度。

好用單字

□ 度、度數(℃)	**degree(s)**
□ 攝氏溫度	**Centigrade**
□ 華氏溫度	**Fahrenheit**
□ 溫度計	**thermometer**

2 紐約天氣怎麼樣　　●MP3-1: 02

How is <u>the weather</u> in New York?
紐約的<u>天氣</u>怎麼樣?

☐ 春天	☐ 秋天
spring	**fall / autumn**
☐ 夏天	☐ 冬天
summer	**winter**

小小專欄

★ "**weather**" （天氣）通常是指今天或是短時間之內、經常改變的天氣狀態。

★ 另外，"**climate**" （氣候）指某個地方長期的天氣狀態，包括雨量、風向、平均溫度等。

📖 例句

① **It's hot in the summer.**
夏天炎熱。

② **It rains sometimes in the afternoon.**
有時候下午會下雨。

③ **Fall is the best season of the year here.**
在這裡，秋天是最棒的季節。

④ **The weather is about as cool as it is in California.**
這裡天氣涼快的程度和加州差不多。

⑤ **The rainy season is from April to August.**
雨季是從四月到八月。

⑥ **It snows often in January and February.**
一月份和二月份常常會下雪。

⑦ **Spring is lovely.**
春天是很美妙的。

⑧ **The winters are usually chilly here.**
這裡的冬天通常很寒冷。

⑨ **During the summer, I love to go to Central Park and listen to the free concerts.**
在夏天，我很喜歡去中央公園聽免費的音樂演奏會。

小小專欄

★ 我們來比較：

「in, at, on」

in：空間上指某個比較大的場所，如國家、城市，表示在…之內。時間上指在某一段比較長的時段（年、月）中。如 **"in the summer"**（在夏天）。

at：空間上指某個較小的特定地點，如車站、村落。時間上也是指比較小、精確的時間，如幾點 **"at seven o'clock"**（在7點）。

on：對於空間上指與某物接觸或是靠近的上方。時間上指在某個特定的日子中，如 **"on Sunday"**（在星期天）。

Will we have <u>rain</u> tomorrow?
明天會<u>下雨</u>嗎？

□ 雪 **snow**	□ 霧 **fog**
□ 雨 **rain**	□ 颶風 **a hurricane**
□ 颱風 **a typhoon**	□ 冰雹 **hail**
□ 雷陣雨 **thundershowers**	□ 冷鋒面 **a cold front**

📖 例句

1 **It will become cooler this weekend.**
本週末會變得比較涼快。

2 **We'll have a typhoon this Wednesday.**
本週三會刮颱風。

3 **How will the weather be tomorrow?**
明天的天氣如何？

4 **It might rain tomorrow.**
明天可能會下雨。

5 **The temperature will drop 2 to 3 degrees in the evening.**
傍晚溫度會下降2至3度。

6 **It's going to be nice and sunny tomorrow.**
明天會是風和日麗的好天氣。

3

談天氣

小小專欄

★ **afternoon shower** 午後陣雨

★ 當雨真的下得很大時 除了 **[It's raining hard.]** 我們也會用 **[The rain is pouring.]** 來形容。 "**Pour**" 是 "倒" 的意思。雨像是傾倒出來一樣。

1 我的生日是三月二十四日  ●MP3-2: 04

A When is your birthday?

你的生日在什麼時候?

B —My birthday is on <u>March 24th</u>.

—我的生日是<u>三月二十四日</u>。

□ 一月二十日	□ 七月三日
January twentieth	**July third**
□ 二月二日	□ 八月八日
February second	**August eighth**
□ 三月十六日	□ 九月二十三日
March sixteenth	**September twenty-third**
□ 四月一日	□ 十月十七日
April first	**October seventh**
□ 五月十四日	□ 十一月十日
May fourteenth	**November tenth**
□ 六月十一日	□ 十二月五日
June eleventh	**December fifth**

例句

① **What year were you born?**
你是幾年出生的？

② **I was born in 1975.**
我是1975年出生的。

③ **My birthday is in May.**
我的生日是在五月。

④ **What will you do on your birthday?**
你會在生日做些什麼？

4

談個性

⑤ **I will be twenty this year.**
我今年就二十歲了。

⑥ **Will you come to my birthday party tomorrow?**
明天你會來參加我的生日宴會嗎?

小小專欄

★ 除非是很熟的朋友，否則問人幾年出生的有點沒禮貌哦！
★ 生日的日期是用序數，例如一號為 **"first"** ，二號為 **"second"** 。
★ 1975年讀成 **"nineteen seventy-five"** 。

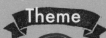
A **What's your sign?**

你是什麼星座呢?

B —I'm a <u>Gemini</u>.

—我是<u>雙子座</u>。

☐ 白羊座
an Aries

☐ 獅子座
a Leo

☐ 巨蟹座
a Cancer

☐ 金牛座
a Taurus

☐ 處女座
a Virgo

☐ 雙子座
a Gemini

□ 天秤座
a Libra

□ 射手座
a Sagittarius

4

□ 天蠍座
a Scorpio

□ 摩羯座
a Capricorn

□ 水瓶座
an Aquarius

□ 雙魚座
a Pisces

📖 例句

1 **I bet you are a Virgo.**
我猜你是處女座。

2 **Pisces are very artistic.**
雙魚座非常有藝術氣息。

3 **Sagittarius are active and out-going.**
射手座很活潑外向。

4 **You are not like a Libra at all.**
你完全不像天秤座。

5 **I don't believe in that kind of stuff.**
我不相信那套玩意兒。

6 **It just doesn't make any sense.**
這完全不合理。

7 **Do you read your horoscope every day?**
你每天都會看你的星座運勢嗎？

8 **My mother is a Capricorn and so is my wife.**
我媽媽和我太太都是魔羯座的。

9 **I think astrology is very interesting.**
我認為星座占卜很有意思。

10 **Cancers are highly emotional.**
巨蟹座是很情緒化的。

小小專欄

★ [I think astrology is very interesting.] 中的 "interesting" 形容因為有知識性的趣味，而讓人產生好奇和興趣的。

好用單字

☐ 雅緻的、優美的	**elegant**
☐ 吹毛求疵的、挑剔的	**picky**
☐ 獨立的、自主的	**independent**
☐ 樂觀的	**optimistic**
☐ 有耐性的、能忍受的	**patient**
☐ 隨和的	**easygoing**
☐ 倔強的、頑固的	**stubborn**
☐ 悲觀的	**pessimistic**
☐ 妒忌的	**jealous**
☐ 沒耐性的	**impatient**

4

談個性

I think she's very <u>sentimental</u>.
我覺得她很<u>多愁善感</u>。

□ 浪漫的、多情的	□ 敏感的、靈敏的
romantic	**sensitive**
□ 被動的、消極的	□ 擅長交際的
passive	**sociable**
□ 主動的、活潑的	□ 思想狹隘的
active	**narrow-minded**
□ 負責任的、可信賴的	□ 忠誠的
responsible	**loyal**

例句

❶ I can't stand her!
我受不了她！

❷ She never shuts up.
她就是不能閉嘴。

❸ I think she's just having a hard time.
我想她只是遇到困境。

❹ I'm very negative about some things.
我對某些事情抱持極端負面的想法。

5 **You always look on the bright side.**
你常常以正面的想法看事情。

6 **You really are very kind.**
你真是非常仁慈。

7 **He's just not my type.**
他正好不是我喜歡的那一型。

8 **He gossips a lot.**
他經常道人長短。

9 **She gets on my nerves.**
她使我感到緊張。

10 **I'm not too keen on him.**
我對他沒什麼興趣。

11 **I think we're pretty compatible.**
我覺得我們很合得來。

12 **We get along great.**
我們相處愉快。

13 **We are perfect for one another.**
我倆是天生的一對。

14 **I have a crush on her.**
我迷戀上她了。

15 **He is totally sincere.**
他百分百的真誠。

4

談
個
性

小小專欄

★ 在外國，社交禮儀 (social decency) 在人際關係上是很重要的。我們常會形容
一個人缺乏社交禮儀讓人相處起來對話上來很不舒服 **[This person is lack of
social decency.]** 是指這個人讓人非常不舒服很沒有社交禮儀，這其實已經是很
嚴重的指責了。

5 興趣與嗜好

1 我喜歡看小說　　　　●MP3-2: 07

A **What do you like to do on the weekend?**

你週末喜歡做什麼?

B **—I love <u>reading novels</u>.**

—我喜歡<u>閱讀小說</u>。

□ 逛街	□ 和朋友去KTV唱歌
to go shopping	**going to KTV with friends**
□ 看電視	□ 只要跟你在一起
watching TV	**just being with you**
□ 遠足	□ 看電影
to go hiking	**going to the movies**
□ 和家人共度	
spending time with my family	

小小專欄

★ [watching TV] 中的 "watch" 表示集中注意力,專心的觀看某個正在動作的物體(如運動、事態的變化)。比 "look" (看)看的時間要長。

📖 例句

① **I like driving around.**
我喜歡開車兜風。

② **I like to go traveling.**
我喜歡旅行。

③ **I can't do anything, I have to work.**
我什麼都不能做，因為我要工作。

④ **Nothing special. Just resting at home.**
不做什麼。只在家裡休息。

⑤ **I have a part-time job on the weekend.**
我週末有兼差的工作。

⑥ **I like to go to a baseball game.**
我喜歡去看棒球比賽。

⑦ **Tomorrow we will go out for a trip.**
明天我們要外出去旅行。

⑧ **I'm really looking forward to this.**
我一直都很期待這次旅行。

⑨ **That sounds fun.**
這聽起來很有趣。

⑩ **That's awful.**
這非常恐怖。

⑪ **I'm more of a homebody myself.**
我是個注重家庭的人。

⑫ **I love doing things outdoors.**
我喜歡從事戶外活動。

⑬ **Her favorite pastime is doing crossword puzzles.**
他最愛的休閒娛樂是做填字遊戲。

⑭ **He plays mahjong with his neighbors.**
他和他的鄰居打麻將。

5

興趣與嗜好

⑮ I like to get together with my friends for a drink.
我喜歡和我的朋友一起去喝點小酒。

⑯ I like to visit friends on the weekend.
我週末喜歡去拜訪朋友。

小小專欄

★ 美國人很喜歡利用週末假日到戶外活動。其中 **"fishing trips"** （釣魚）是美國最普遍的休閒活動之一。但要注意的是，隨便垂釣可能是違法的，在很多州裡，釣魚可是要買釣魚執照的喔！垂釣前最好查好各州在這方面的規定喔！

★ 我們常聽到的 **"habit"** （嗜好）是指個人因為長久養成的某些無意識的習慣或是動作。

2 我喜歡打籃球　　● MP3-2: 08

A Do you like sports?

你喜歡運動嗎？

B —Yeah, I love playing <u>basketball</u>.

—喜歡，我喜歡打<u>籃球</u>。

□ 美式足球	□ 曲棍球
football	**hockey**
□ 足球	□ 排球
soccer	**volleyball**
□ 高爾夫球	□ 壘球
golf	**softball**
□ 網球	□ 乒乓球
tennis	**ping-pong**
□ 羽毛球	□ 壁球、迴力球
badminton	**squash**

5

興趣與嗜好

1 I'm a big Yankees fan.
我是洋基隊的忠實球迷。

2 I never miss a game on ESPN.
我不會錯過ESPN播放的任何一場比賽。

3 I love football games.
我喜歡看美式足球賽。

4 Do you want to play tennis together sometime?
你想要找個時間一起打網球嗎？

5 Yeah, let's do it sometime.
好的，我們找個時間打球吧。

6 Well, I'm not too good at sports.
這個嘛，我不太擅長運動。

7 Basketball is my favorite sport.
籃球是我喜愛的運動。

8 Do you know how to water-ski?
你知道怎麼滑水嗎？

9 This is my first time.
我是第一次滑水。

10 Can you dive?
你會跳水嗎？

11 I like diving very much.
我很喜歡跳水。

12 No, I don't know how.
不，我不知道。

13 I played baseball in high school.
我在高中時打棒球。

14 I prefer swimming to jogging.
我喜歡游泳勝於慢跑。

⑮ **He is quite a tennis player.**
他真是一個網球選手。

⑯ **Would you like to go surfing tomorrow?**
明天要不要去衝浪?

⑰ **I'd rather crawl over broken glass than root for the New York Yankees.**
我寧願爬過碎玻璃也不會支持紐約洋基隊。(我怎麼樣也不會支持紐約洋基隊)

小小專欄

★ 在國外戶外運動 outdoor activity 有各式各樣選擇,近幾年來最熱門的有:

jet ski 水上摩托車運動	**rock climbing** 攀岩
surfing 衝浪	**snowboarding** 單板滑雪
scuba diving 潛水	**sky diving** 跳傘
Kayaking 泛舟	**stand up paddling** 立槳衝浪

5

興趣與嗜好

I don't do team sports, but I <u>swim</u>.
我不玩團隊運動，但我<u>游泳</u>。

☐ 騎腳踏車	☐ 衝浪
go biking / cycling	**go surfing**
☐ 釣魚	☐ 做瑜珈
go fishing	**do yoga**
☐ 做有氧運動	☐ 攀岩
do aerobics	**go rock climbing**
☐ 慢跑	☐ 滑雪
go jogging	**go skiing**
☐ 空手道	☐ 去健身房健身
do karate	**work out in the gym**

📖 例句

① **Do you do exercises?**
你做運動嗎？

② **How often do you work out in the gym?**
你多久去一次健身房健身？

③ **Wow, that sounds fun.**
哇！這聽起來很有趣。

④ **Is that difficult?**
這很難嗎？

⑤ **I don't watch ESPN.**
我不看ESPN的。

⑥ **Did you enjoy the mountaineering trip?**
你喜歡登山旅行嗎？

⑦ **I liked it very much.**
我很喜歡。

⑧ **I enjoy exercising on my own.**
我喜歡自己一個人運動。

⑨ **I like to push myself as hard as I can.**
我會督促自己直到我的極限。

⑩ **She has run a marathon.**
她跑過馬拉松。

⑪ **He works out three times a week.**
他一個禮拜做三次體能訓練。

⑫ **Do you have everything you need to go snorkeling?**
要去潛水的裝備妳都帶齊了嗎?

5

興趣與嗜好

A **What's your hobby?**

你的嗜好是什麼?

B -My hobby is <u>collecting cards</u>.

-我的嗜好是<u>收集卡片</u>。

☐ 聽音樂	☐ 畫圖
listening to music	**drawing pictures**
☐ 唱卡拉OK	☐ 彈鋼琴
karaoke	**playing the piano**
☐ 看電影	☐ 彈吉他
watching movies	**playing the guitar**
☐ 閱讀	☐ 烹飪
reading	**cooking**
☐ 看電視	☐ 購物
watching TV	**shopping**
☐ 上網	☐ 旅遊
browsing the Internet	**traveling**
☐ 玩電視遊樂器	☐ 高爾夫
playing video games	**golf**

□ 騎自行車 **cycling**	□ 慢跑 **jogging**
□ 和朋友聊天 **chatting with friends**	□ 游泳 **swimming**
□ 開車兜風 **going for a drive**	□ 看棒球比賽 **watching baseball**
□ 泡溫泉 **going to hot spring resorts**	□ 看籃球比賽 **watching basketball games**
□ 攝影 **taking photos**	□ 下棋 **playing chess**
□ 網球 **tennis**	□ 寫書法 **penmanship / calligraphy**
□ 溜冰 **skiing**	□ 縫紉 **sewing**

5

興趣與嗜好

小小專欄

★ "Hobby"（嗜好，興趣）要小心不要拼錯成 "Hubby" 了喔！"Hubby" 就是 "husband" 的意思，老公、親愛的暱稱。外國朋友習慣用 "hubby" 多過 "husband" 的喔！

★ 常常很多人會混淆了 "hot spring" 跟 "hot pot"。"Hot pot" 是指火鍋，然而 "Hot spring" 是指溫泉喔！下次別再用錯了囉！

6 談電影、電視與音樂

1 我喜歡動作片　　　　　　● MP3-2: 11

A **What kind of movies do you like?**

你喜歡什麼類型的電影？

B **I like <u>action movies</u>.**

—我喜歡<u>動作片</u>。

☐ 愛情片	☐ 動畫
romance movies	**animations**
☐ 戲劇	☐ 懸疑片
dramas	**mysteries**
☐ 悲劇	☐ 科幻片
tragedies	**science-fiction / sci-fi**
☐ 喜劇	☐ 恐怖片
comics	**horror movies**

例句

① **Meet the Parents is my favorite comedy.**
「親家路窄」是我喜愛的喜劇。

② **The sound effects are great.**
音效做得真棒！

③ **Man! That was a sad movie.**
天吶！這是一部很傷感的電影。

④ **Yeah, just a big cast.**
是的，卡司陣容堅強。

⑤ **Oh, that's a classic.**
喔，這是一部經典電影。

⑥ **The last scene is very depressing.**
最後一幕叫人非常沮喪。

⑦ **It was very interesting and exciting.**
很有趣，而且很刺激。

⑧ **The hero's acting is wonderful.**
男主角的演技太棒了！

⑨ **I really love that character.**
我真的太喜歡這個角色了！

⑩ **Me too!**
我也是。

⑪ **I prefer talk shows to movies.**
和電影相比，我更喜歡座談性節目。

⑫ **I go to the movies once or twice a month.**
我一個月大概會看一兩次電影。

⑬ **I enjoy independent films, but my girlfriend prefers Hollywood blockbusters.**
我喜歡獨立製作的電影，但是我女朋友喜歡好萊塢式的大卡司電影。

⑭ **That movie won six Academy Awards/Oscars.**
這部電影獲得了六項奧斯卡獎。

6

談電影、電視與音樂

⑮ My parents love old movies.
我父母喜歡看老式電影。

好用單字

□ 票房賣座	**box-office hit**
□ 劇情	**plot**
□ 預告片	**preview**
□ 最佳電影	**best picture**
□ 男主角	**leading actor**
□ 女配角	**supporting actress**
□ 視覺效果	**visual effects**
□ 主題	**theme**

2 你喜歡古典樂嗎? ● MP3-2: 12

Do you like classical music?

你喜歡古典樂嗎?

□ 古典音樂 **classical music**	□ 情歌 **love songs**
□ 流行樂 **popular music**	□ 鄉村音樂 **country music**
□ 爵士樂 **jazz**	□ 抒情音樂 **soft music**
□ 歌劇 **opera**	□ 饒舌 **rap**
□ 重金屬 **heavy metal**	□ 藍調音樂 **R&B (rhythm & blues)**
□ 搖滾樂 **rock and roll**	□ 交響樂 **symphony**

6

談電影、電視與音樂

1 **I like the lyrics.**
我喜歡它的歌詞。

2 **I don't like the strong beat.**
我不喜歡重音樂。

3 **I want to go to the concert.**
我想去聽音樂會。

4 **How was the concert?**
音樂會如何？

5 **He has a great voice.**
他有很棒的嗓子。

6 **Well, I can't stand rap.**
這個嘛，我受不了饒舌。

7 **Classical music puts me to sleep.**
古典音樂常讓我想睡覺。

8 **Billie Holiday is my favorite jazz singer.**
比莉哈樂黛是我喜愛的爵士歌手。

9 **What music I listen to depends on my mood.**
我是看心情選擇我聽的音樂。

10 **Most young people like hip-hop.**
大部分的年輕人喜歡嘻哈音樂。

11 **I want to get that CD.**
我想去買那張CD。

小小專欄

★ **Hip Pop** 嘻哈樂

★ **[How was the concert?]** 中的 "How" 表示「怎麼樣」，用來詢問對方的意見或感想時，常用過去式。例如，

How was your trip? （旅遊愉快嗎？）

How was the test? （考試考得怎麼樣？）

How was school today? （今天學校情況怎麼樣？）

Part 4

旅遊會話

• English for tourism •

1 在飛機上

1 我要柳丁汁　　● MP3-2: 13

A **Would you like something to drink?**

你想要喝點飲料嗎？

B —**Orange juice**, please.

—橘子汁，謝謝。

☐ 咖啡	☐ 水
Coffee	**Water**
☐ 茶	☐ 紅酒
Tea	**Red wine**
☐ 蘋果汁	☐ 啤酒
Apple juice	**Beer**
☐ 汽水	☐ 奶昔
Soda	**A milk shake**

例句

1 **No ice, please.**
不要加冰塊,謝謝你。

2 **Another beer, please.**
再來一杯啤酒,謝謝你。

3 **Some peanuts, please.**
來些花生,謝謝你。

4 **A straw, please.**
吸管,謝謝你。

5 **More ice, please.**
多加一點冰塊,謝謝你。

6 **A refill, please.**
再回沖一些咖啡,謝謝你。

7 **The whole can, please.**
請給我一整罐。

8 **How much is a cocktail?**
雞尾酒要多少錢?

9 **Is the juice fresh-squeezed?**
這是現搾的新鮮果汁嗎?

10 **Decaf, please.**
麻煩一下,我要無咖啡因的。

11 **Do you have green tea?**
你們有供應綠茶嗎?

12 **A black coffee, please.**
請給我一杯黑咖啡。

A Chicken rice or fish noodles?

要雞肉飯還是魚排麵？

B —Chicken, please.

—雞肉，謝謝你。

□ 麵包	□ 豬肉
Bread	**Pork**
□ 沙拉	□ 素菜餐
Salad	**A vegetarian meal**
□ 水果	□ 兒童餐
Fruit	**A child's meal**
□ 牛肉	□ 牛排
Beef	**Steak**

📖 例句

❶ **I ordered an infant meal.**
我已經叫了一份嬰兒餐。

❷ **Do you have instant noodles?**
你們有沒有泡麵？

❸ **Can I have another meal?**
我可以再要一份餐嗎？

❹ **Yes, if we have any left.**
可以，如果我們有剩的話。

❺ **Sorry, we only have fish noodles left.**
對不起，我們只剩魚麵。

❻ **Can you please clear my tray?**
可以請你幫我清一下餐盤嗎？

❼ **What time will dinner be served?**
幾點開始供應晚餐？

❽ **I hate airplane food.**
我討厭飛機食物。

❾ **Will the drink cart come around soon?**
供應飲料的推車會很快過來嗎？

❿ **Decaf, please.**
麻煩一下，我要無咖啡因的。

MP3-2: 15

May I have <u>a blanket</u>, please?

請給我一條毛毯好嗎？

☐ 一個枕頭	☐ 小孩子可以玩的東西
a pillow	**something for my kids to play with**
☐ 耳機	☐ 嘔吐袋
ear phones	**the vomit bag**
☐ 中文報紙	☐ 遮光眼罩
a Chinese newspaper	**eyemask**
☐ 免稅商品目錄	
the duty-free catalogue	

4 請問，廁所在哪裡　　● MP3-2: 16

Excuse me, where is <u>the bathroom</u>?
對不起，請問<u>廁所</u>在哪裡？

□ 洗手間	□ 閱讀燈
the lavatory	**the reading light**
□ 商務客艙	□ 逃生門
business class	**the emergency exit**
□ 我的安全帶	□ 救生衣
my seat belt	**life vest**

📖 例句

❶ My bag won't fit.
我的旅行袋放不進去。

❷ Excuse me.
對不起。

❸ Can I switch seats with you?
我可以跟你換位子嗎？

❹ Can I recline my seat?
我可以把椅子放下來嗎？

❺ Excuse me, can you put your seat up, please?
對不起，麻煩你把椅子拉上，謝謝。

❻ Is this free?
這是免費的嗎？

7 **What time is it in Los Angeles?**
洛杉磯幾點？

8 **Pardon me?**
您說什麼？

9 **It's seven forty a.m.**
上午7點40分。

10 **What movies will you be showing on this flight?**
飛機上要播放哪一部電影？

11 **Can I sit in an exit row?**
我可以坐在緊急出口處的那排座位嗎？

12 **I like the extra leg room.**
我想要有更多空間把腳伸直。

13 **What is our flying time today?**
我們今天的飛行時間有多長？

14 **Could you please open the air vent?**
可以請你打開空調氣孔嗎？

15 **You can't smoke on the airplane.**
你不可以在飛機上抽煙。

16 **May I borrow your pen, please?**
請問我可以借你的筆嗎?

小小專欄

★ 飛機上的廁所寫的是 **"lavatory"**，若使用中則顯示 **"occupied"**，若無人使用，則為 **"vacant"**。

★ [Excuse me] 表示「打擾了」、「勞駕」的意思，一般用在為了引起他人注意或因為可能打擾他人，如打斷別人的談話、在人群中推擠到別人或不同意別人的意見等。

★ [Pardon me？(↗)] 如果語調是上揚的，表示聽不清楚（聽不到）或不瞭解對方說的，請求對方再說一次；如果語調是下降的，那麼意思跟上面的 [Excuse me] 一樣。

★ 時間的說法可以省略小時、分鐘，例如，7點40分直接說成 **"seven forty"** 或 **"twenty to eight"**；12點15分說成 **"twelve fifteen"** 或 **"a quarter past eleven"**；5點半說成 **"five thirty"** 或 **"thirty past five"**。還有，時間後面記得加上a.m.（上午）、p.m.（下午）喔！

5 跟鄰座乘客聊天  MP3-2: 17

A **Can you speak <u>English</u>?**

你會說<u>英文</u>嗎？

B **—Yes, a little.**

—是的，一點點。

□ 日文
Japanese

□ 中文
Chinese

□ 德文
German

□ 西班牙文
Spanish

□ 台語
Taiwanese

□ 法文
French

□ 義大利文
Italian

例句

1 I'm learning.
我正在學習中。

2 My English is not good.
我的英文不太好。

3 Where are you going?
你要去哪裡?

4 Yeah, it's the best time to visit Seattle.
是的,現在是到西雅圖旅行的最好時間。

5 Are you traveling for business or for pleasure?
你是為了公事出差還是休閒旅遊?

6 I wish I could take a vacation to Australia.
我希望我可以去澳洲渡個假。

7 Don't you just love airplane food?
你不喜歡飛機上的食物嗎?

8 Do you have any kids?
你有小孩嗎?

9 My son is studying in the States.
我兒子在美國讀書。

10 Are you from Europe?
你來自歐洲嗎?

11 What do you do?
你是從事那個行業?

12 Is this your first time to visit Australia?
這是你第一次到澳洲嗎?

13 Yes, it is. I'm so excited to go there.
是的!我很興奮去那裡。

14 Oh, It's been nice talking to you.
能和你交談感覺真好。

⑮ **You, too.**
你也是。

⑯ **Enjoy your trip to Japan.**
祝你日本之旅愉快。

小小專欄

★ **Chinese/Mandarin** 中文
大家一定常常很混着到底要用 "speak Chinese" 還是用 "speak Mandarin" ？
其實兩者的差別是 "**Mandarin**" 是指普通話的意思。但是中國話本身有很多種方言，像是上海話，北京話，廣東話(Cantonese)，台灣話(Taiwanese)，所以泛指所有中國方言的語言稱為 "**Chinese**"。但如果你是要強調你會說普通話也就是國語，那請用 [I speak Mandarin.] 才適當。

◎ 不想和旁人講話時

❶ **Well, it's a long flight, I need to get some sleep.**
旅途遙遠，我需要睡一下。

❷ **Oh! The movie I want to watch is on.**
我想看的電影開始播放了。

❸ **I really need to finish this book.**
我真的需要看完這本書。

❹ **Sorry, but I'm pretty tired.**
對不起，但是我真的很累了。

❺ **If you don't mind, I'm going to close my eyes now.**
如果你不介意的話，我想要睡覺了。

❻ **Excuse me, I have to write a letter.**
不好意思，我必需寫一封信。

6 我是來觀光的

MP3-2: 18

A **What is the purpose of your visit?**

你旅行的目的為何？

B —**Sight-seeing.**

—觀光。

☐ 讀書
For study

☐ 探親
Visiting relatives

☐ 商務
Business

☐ 拜訪朋友
Visiting friends

小小專欄

★ [for study] 中的 "study"（學習）強調學習的過程，帶有深入的研讀並將所學之事物融會貫通之意。另一個字 "learn"（學習）是透過學習而得到某種知識或是技術，強調學會這個結果。

7 我住達拉斯的假期酒店　　●MP3-2: 19

A **Where will you stay?**

你會待在哪裡？

B —**At the Holiday Inn** in Dallas.

一達拉斯的假期酒店。

□ 和朋友住	□ 在希爾頓飯店
With my friends	**At the Hilton**

□ 和家人	□ 在學校的宿舍
With family	**In the school dorms / dormitory**

□ 和同事	
With my colleague	

📖 例句

1 **Do you have your friend's address?**
你有朋友的地址嗎？

2 **I don't have the address with me now.**
我現在身上沒有帶地址。

3 **My friend lives in Chicago.**
我朋友住在芝加哥。

4 **I don't speak English well.**
我不太會說英文。

5 **My son will pick me up at JFK Airport.**
我兒子會在甘迺迪機場接我。

6 **Yeah, the address of the hotel is here.**
是的，這就是飯店的地址。

7 **Where are the car rental agencies?**
租車服務台在哪裡？

8 **Does the hotel have a van?**
旅館有提供小型巴士載客服務嗎？

9 **Where is the nearest payphone?**
距離最近的付費電話在哪裡？

10 **Where is the bus stop for the hourly shuttle to the center?**
每小時一班到市中心的公車站在哪？

小小專欄

★ 九一一攻擊事件之後，美國的海關會要求旅客填寫停留的地址。

8 我停留十四天　　●MP3-2: 20

A How long will you stay?

你會停留多久呢？

B —**14 days.**

一十四天。

□ 只有五天	□ 一個月
Only five days	**A month**
□ 一個禮拜	□ 大概十天
A week	**About ten days**
□ 大概兩個禮拜	□ 半年
About two weeks	**Half a year**

1 I want to exchange 5000 NT dollars, please.
我想兌換五千台幣，謝謝你。

2 What is the exchange rate?
現在的兌幣匯率是多少？

3 I'd like to cash a traveler's check, please.
旅行支票兌現，麻煩你。

4 From NT to US dollars.
台幣換成美金。

5 From NT to Euros.
台幣換成歐元。

6 Can you break a hundred?
你可以把一百元換成小鈔嗎？

7 Small bills, please.
麻煩你給我一些小鈔。

8 How much is the commission?
手續費是多少錢？

9 Please sign here.
請在這裡簽名。

10 Passport, please.
護照，麻煩你。

11 Here is my passport.
這是我的護照。

12 Can I have a receipt, please?
可以請你開給我收據嗎？

13 Do you have an envelope?
請問你有信封嗎？

小小專欄

★ 當你想麻煩別人幫你把大鈔換成小一點幣值的錢幣，請記得用 **[Would you please break＋金額]**。記得用"**break**"這個動詞，而不是"**change**"喔！很多人會不小心用中文思考翻成英文，以為換錢就是"**change**"。在這裏"**break the money**"比較恰當。如果你聽到 **[Here is your change.]** 那是說這是找你的零錢。

10 您有需要申報的東西嗎？ ● MP3-2: 22

A Would you open your bag, please?

What's this?

麻煩你把袋子打開。這是什麼？

B —It's my <u>camera</u>.

—這是我的<u>照相機</u>。

☐ 化妝品	☐ 筆記型電腦
make-up	**lap-top computer**
☐ 胃藥	☐ 給我孫子的禮物
medicine for my stomach	**gift for my grandson**
☐ 安眠藥	
bottle of sleeping pills	

小小專欄

★ 帶藥進美國，要將藥劑放在原處方的罐子裡，否則需要出示醫生證明。

例句

1 **Anything to declare, sir?**
先生，有需要申報的東西嗎？

2 **How many bags do you want to check?**
你想要檢查多少個旅行袋？

3 **How many pieces of luggage do you have?**
你有多少行李？

4 **Where can I get a luggage cart?**
我可以在哪裡拿到行李推車？

5 **Where is the baggage claim?**
行李領取處在哪裡?

6 **Where is the lost and found?**
失物招領處在哪裡？

7 **Where is the lost luggage counter?**
詢問處理遺失行李的櫃檯在哪裡？

8 **I think my bag has been damaged. How can I file for compensation?**
我想我的背包已經壞掉了。我該怎麼申請賠償？

9 **Where can I go through customs?**
我該去哪裡通過海關檢查？

10 **OK, you can go, now.**
好的，你現在可以離開了。

☐ 手提行李	**carry-on bag**
☐ 超重	**overweight**
☐ 經濟客艙	**economy class**
☐ 商務客艙	**business class**
☐ 頭等艙	**first class**
☐ 檢查	**check**
☐ 機場服務中心	**Airport Information Center**
☐ 公事包	**briefcase**

11 轉機　　　　　　　　　● MP3-2: 23

1 **Where is the transfer desk?**
轉機服務台在哪裡？

2 **I need to transit to Dallas.**
我要過境到達拉斯。

3 **When will the flight depart?**
班機何時出發？

4 **What's the boarding time?**
登機時間是何時？

5 **Where is Gate No. 16?**
16號登機門在那裡？

6 **How do I get to Terminal 3?**
我該如何去第三航廈？

7 **I need to recheck my bags.**
我的背包必須再檢查一次。

8 **Do I need a new boarding pass?**
我需要新的登機證嗎？

9 **What time does that flight arrive in Dallas?**
飛機幾點會到達達拉斯？

10 **Do you have an earlier flight?**
請問你們有早一點的班機嗎？

11 **Do you have a direct flight?**
請問你們有直航的班機嗎？

12 **Do I need to check in again?**
我需要再辦登機手續嗎?

❶ Excuse me, do you have change for a dollar?
對不起，你有一元的零錢嗎？

❷ How much is a local call?
撥打本地電話是多少錢？

❸ 35¢ for how many minutes?
35分錢可以打幾分鐘的電話？

❹ Is there a public phone around here?
這裡附近有公共電話嗎？

❺ Can you show me how to make a phone call?
你可以教我怎麼打電話嗎？

❻ How do you make a collect call?
要怎麼打對方付費國際電話？

❼ Just dial "0". The operator will help you.
首先撥"0"接線員會幫你服務。

❽ I'd like to make a collect call.
我想要打一通對方付費的電話。

❾ Can I make an international collect call?
我可以打一通國際對方付費的電話嗎？

❿ Can I use my calling card?
我可以使用我的電話卡嗎？

⓫ Where do they sell long-distance phone cards?
請問哪裡有在賣長途電話卡？

⓬ What is the dialing code for London?
打到倫敦的區域號碼幾號?

小小專欄

★ **[make a collect call]** 是指對方付費的國際電話。而國際電話叫 **[international call]**。至於電話號碼的說法是 **[My telephone number is 3456789]** 數字的說法是 **[three, four,five-six, seven, eight, nine]**。

13 我要打市內電話　　　● MP3-2: 25

❶ Hello?
喂！

❷ Hi. This is Nacy. Is Bob there?
嗨！我是南希，包伯在家嗎？

❸ He just stepped out.
他剛剛外出。

❹ Would you please tell him that I called and I'll call back later?
那麼請你轉告他，我來電過待會兒再打給他。

❺ Ok. I'll give him the message.
好的，我會轉告他的。

❻ I've got the wrong number.
我打錯電話了。

小小專欄

★ 打電話對方不在，希望對方代為傳話就用 **[Would you please tell_ that_]** 這樣的說法。拜託別人代為傳達事情放在 **"That"** 的後面。

⑤ 美國錢幣介紹

☐ 一元鈔票	**a dollar bill**
☐ 1便士	**a penny: 1¢**
☐ 五分錢	**a nickel: 5¢**
☐ 10分錢	**a dime: 10¢**
☐ 2角5分	**a quarter: 25¢**
☐ 五角銀幣	**a fifty-cent piece: 50¢**
☐ 一元硬幣	**one-dollar coin: $1.00**
☐ 五元紙鈔	**five- dollar bill**

14 請給我一份市區地圖 ● MP3-2: 26

A city map, please?
請給我一份市區地圖。

□ 紐約市導覽	□ 公車路線說明
A New York City Guide	**Bus routes**
□ 一日遊資訊	□ 市區酒店清單
One-day Tour Info	**A list of hotels downtown**
□ 滑雪行程資訊	□ 觀光指南
Skiing Tour Info	**A tourist guide**

小小專欄

★ "map" 地圖，指各種因為不同目標而製作的單張地圖。還有另一個字 "atlas"，是把許多相關的地圖，集結成冊的地圖集。

unit

2 飯店

1 我要訂一間單人房　　● MP3-2: 27

I want to reserve <u>a single room</u>.
我要預約<u>單人房</u>。

☐ 雙人床	☐ 附冷氣的房間
a twin room	**a room with air-conditioning**
☐ 兩張床	☐ 可以看到海的房間
a double room	**a room with an ocean view**
☐ 四人房間	☐ 禁煙房間
a four-person room	**a non-smoking room**
☐ 附淋浴的房間	☐ 雙人床三個晚上
a room with a shower	**a double for 3 nights**

小小專欄

★ **suite**　套房
★ 何謂 "**suite**"？"**suite**" 跟一般飯店客房差別在於，"**suite**" 除了有臥室浴室之外還有其他隔間，譬如廚房或客廳，下次訂房時可以問問飯店是否有提供**SUITE**的房型。

1ᵗʰ 序數的說法

☐ 一	**first**
☐ 二	**second**
☐ 三	**third**
☐ 四	**fourth**
☐ 五	**fifth**
☐ 六	**sixth**
☐ 二十一	**twenty-first**
☐ 三十	**thirtieth**

① **My name is Chen Ming.**
我叫陳明。

② **I have a reservation.**
我有預約。

③ **I don't have a reservation.**
我沒有預約。

④ **I need a room for the night.**
我今晚想住宿。

⑤ **Do you have a room available?**
有空房間嗎？

⑥ **We have a reservation under Chen Ming. That's C-H-E-N M-I-N-G.**
我們有訂房，名字是陳明。

⑦ **When can we check in?**
我們何時可登記入住？

⑧ **Can I check in now?**
我現在可以住宿登記嗎？

⑨ **Is breakfast included?**
包含早餐嗎？

⑩ **Where is the elevator?**
電梯在那裡？

⑪ **Can you give me the hotel's number?**
你可以給我飯店的號碼嗎？

⑫ **How much for one night?**
一晚住宿是多少錢？

⑬ **Are there any cheaper rooms?**
還有更便宜的房間嗎？

⑭ **Do you have a bigger room?**
你有大一點的房間嗎？

⑮ **Can three people stay in a room?**
三個人可住在同一間房間嗎？

⑯ **When is the checkout time?**
退房是幾點？

2

飯店

⑰ **Regular rooms are $85. A room with a view is $100.**
普通客房是$85，景觀客房是$100。

⑱ **Do you have cable?**
你們的房間裡可以收到有線電視嗎？

⑲ **Do the rooms have internet access?**
房間裡可以上網嗎？

⑳ **Is there a pool for the guests to use?**
這裡有客人使用的游泳池嗎？

㉑ **Is there a health club?**
這裡有健身俱樂部嗎？

㉒ **I would like a suite if one is avaliable.**
如果可以的話我想要一間套房。

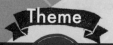

3 我要客房服務

🔴 MP3-2: 29

❶ Do you have room service?
有提供客房服務嗎？

❷ Room Service, May I help you?
客房服務您好，有什麼我可以效勞的嗎？

❸ Yes, This is room 503. I'd like to order some breakfast.
這裡是503號房。我想要點早餐。

❹ Do you have laundry service?
你們有洗衣服務嗎？

❺ I want to make a local call.
我想打市內電話。

❻ I want to make a long-distance call.
我想打長途電話。

❼ I want to make an international call.
我想打國際電話。

❽ I'd like to send a postcard.
我想寄明信片。

❾ I'd like to send a fax.
我要傳真。

❿ Could I use the Internet?
我可以用網路嗎？

⓫ Can I pay the room service charge when I check out?
我可以退房時一起算客房服務費嗎？

⑫ **Wake-up call, please.**
我要叫醒服務。

⑬ **What time would you like it?**
幾點叫醒您好呢？

⑭ **At 6:00 a.m.**
早上六點。

4 麻煩給我兩杯咖啡　　●MP3-2: 30

Would you bring me <u>two cups of coffee</u>?
可以麻煩給我<u>兩杯咖啡</u>嗎？

☐ 一杯茶	☐ 一壺熱開水
a cup of tea	**a pot of hot water**
☐ 一杯啤酒	☐ 一些新鮮水果
a glass of beer	**some fresh fruit**

5 我要吐司　　●MP3-2: 31

I'd like <u>toast</u>.
我要<u>吐司</u>。

☐ 鬆餅	☐ 三明治
pancakes	**a sandwich**
☐ 培根	☐ 臘腸
bacon	**sausage**
☐ 火腿加蛋	☐ 荷包蛋
ham and eggs	**fried eggs**
☐ 比薩	
pizza	

6 房裡冷氣壞了 MP3-2: 32

The <u>TV</u> in my room is broken.
我房間的<u>電視</u>壞了。

2
___
飯店

□ 鎖	□ 冷氣
lock	**air conditioner**
□ 暖氣	□ 鬧鐘
heater	**alarm clock**
□ 迷你吧	□ 吹風機
mini-bar	**hair-drier**
□ 按摩浴缸	□ 傳真
Jacuzzi	**fax machine**

Can I have <u>a clean sheet</u>, please?
我可以要一條乾淨的床單嗎？

☐ 一些衣架 **some hangers**	☐ 一些乾淨的毛巾 **some clean towels**
☐ 一些冰塊 **some ice**	☐ 熨斗 **an iron**
☐ 枕頭 **a pillow**	☐ 吹風機 **a hair-drier**

小小專欄

★ [Can I have a clean sheet, please?] 中的 "Clean"（乾淨）是形容處理得很乾淨、整齊，而沒有髒污的。另一個字 "clear"（清晰）是形容視覺上的清晰、透明，或是清楚明白而有條理的。

📖 例句

1 **I left my key in the room.**
我把鑰匙忘在房裡了。

2 **I've lost my key.**
我鑰匙丟了。

3 **I forgot my room number.**
我不記得我的房號了。

4 **Please change the sheets.**
請換床單。

5 **The toilet doesn't flush well.**
廁所的水沖不下去。

6 **There are no towels.**
沒有毛巾。

7 **There's no toilet paper.**
沒有衛生紙。

8 **Could you show me how to use the safe?**
你可以教我怎麼用保險箱嗎？

9 **Can I change to a non-smoking room?**
我可以換一個禁煙的房間嗎？

10 **Please clean up my room.**
請清掃我的房間。

11 **Is this housekeeping service?**
這是房間清理的服務嗎？

12 **Thank you very much.**
非常謝謝你。

13 **Do not disturb.**
請勿打擾。

14 **Can you please take care of it right away?**
可以請你馬上幫我處理嗎？

好用單字

☐ 毛毯	**blanket**
☐ 肥皂	**soap**
☐ 棉被	**comforter**
☐ 床單	**sheet**
☐ （電線）插頭	**power outlet**
☐ 插座	**plug**
☐ 床罩	**bed spread**
☐ 檯燈	**lamp**
☐ 水龍頭	**faucet**
☐ 浴缸	**bathtub**
☐ （櫃臺）保險櫃	**safe deposit box**

☐ 冰箱	**refrigerator**
☐ 健身房	**gym**
☐ 商務服務	**business service**
☐ 衣櫥	**closet**
☐ 游泳池	**swimming pool**
☐ 拉	**pull**
☐ 推	**push**
☐ 緊急出口	**Fire Exit**

小小專欄

★ 在飯店房間裡會看到這單字 "complimentary" 是指免費，飯店贈送的意思。
例如：**[Bottles water are complimentary.]** 瓶裝水是免費的，但是如果是免費
的無線上網那就會說 "free wifi"。

❶ I want to check out.
我想退房。

❷ I'll be checking out in a few minutes.
我將在幾分鐘後退房。

❸ I'm in a hurry.
我很急。

❹ Can you send someone up for my luggage, please?
麻煩你請人幫忙我拿行李好嗎？

❺ Is it possible for me to extend my stay?
請問我可以延長我的住房天數嗎？

❻ I think there might be a mistake.
我覺得這裡可能有些錯誤。

❼ What is this entry for?
這一項是什麼？

❽ I didn't use the mini-bar.
我沒使用迷你吧。

❾ I didn't order room service.
我沒有叫客房服務。

❿ Is this including tax?
這已包括稅金嗎？

⓫ Do you accept cash?
請問你們接受現金嗎？

⓬ Do you accept credit cards?
你們接受信用卡嗎？

⓭ Can I have a receipt, please?
我可以要一張收據嗎？

⓮ Could you arrange a taxi to the airport for me?
請問你可以幫我安排到機場的計程車嗎？

⑮ **I had a pleasant stay.**
我在這裡住宿的很愉快。

⑯ **Can I check the bill?**
我可以看一下帳單嗎？

2

飯
店

小小專欄

★ 在美國拉斯維加斯（賭城）幾乎所有的飯店都可以要求晚點退房。你只需要打個電話到櫃台"**front desk**"然後問 **[Can I do the late check out?]** 就算不是賭城的飯店也是可以詢問一下喔！如果有這個服務，大家會有更充分的時間打包行李喔。

3 用餐

1 附近有義大利餐廳嗎　●MP3-2: 34

Is there <u>an Italian restaurant</u> around here?

附近有<u>義大利餐廳</u>嗎？

□ 日式餐廳	□ 越南餐廳
a Japanese restaurant	**a Vietnamese restaurant**
□ 墨西哥餐廳	□ 印尼餐廳
a Mexican restaurant	**an Indonesian restaurant**
□ 印度餐廳	□ 泰國餐廳
an Indian restaurant	**a Thai restaurant**
□ 中國餐廳	□ 義大利餐廳
a Chinese restaurant	**an Italian restaurant**
□ 韓國餐廳	□ 西班牙餐廳
a Korean restaurant	**a Spanish restaurant**

□ 法國餐廳

a French restaurant

□ 希臘餐廳

a Greek restaurant

□ 必勝客

a Pizza Hut

□ Subway

a Subway

□ 速食餐廳

a fast food restaurant

3

用餐

例句

1 **Do they have seafood?**
他們有海鮮嗎？

2 **Is the food good there?**
那裡的菜好吃嗎？

3 **What's good there?**
那裡有什麼特別？

4 **Where is it?**
它在哪裡？

5 **What do you recommend?**
你推薦些什麼？

6 **Is it expensive?**
那很貴嗎？

7 **How is the wine list?**
你覺得酒單的內容如何呢？

8 **What's the atmosphere like?**
那裡的氣氛怎麼樣？

小小專欄

★ "dinner" 是「晚餐、正餐」的意思，一般指晚餐。因為 "dinner" 是一天中最重要的一餐，而這一餐通常在晚上進行。但是為了假日、生日或某些特別的日子，精心烹製的豐盛膳食，常在中午或晚上舉行，這被稱做正餐。另外，"supper" 是指簡便的晚餐或睡前吃的宵夜。如果午餐用 "dinner"，就會將晚餐稱做 "supper"。

I want to make a reservation for <u>2 people</u> at <u>6:00 tonight</u>.
我要預約<u>兩人今晚六點</u>。

☐ 八人／今晚七點	☐ 兩人／週六晚上六點
8 people / 7:00 tonight	**2 people / 6:00 on Saturday night**
☐ 四人／明晚約八點	☐ 兩大人和一小孩／7月7日十二點
4 people / 8:00 tomorrow night	**2 adults and 1 child / 12:00 on July 7th**

📖 例句

① **How much is the set meal?**
套餐多少錢？

② **Can we have a table by the window?**
有沒有靠窗的位子？

③ **Is there a smoking section?**
有沒有吸煙區？

④ **Yes.**
有。

⑤ **No.**
沒有。

⑥ **Do you have a dress code?**
你們有規定要穿禮服嗎？

7 **Yes, please wear a jacket and a tie.**
有的，請您穿西裝繫領帶。

8 **No, we don't have one.**
不，我們不用。

9 **Are pets allowed?**
可以讓寵物進去嗎？

10 **How long is the wait?**
我們要等多久？

11 **What time do you stop serving?**
你們幾點停止供餐的服務？

12 **Is there a gratuity added to parties of 6 or more?**
這裡該付百分之六的小費還是更多？

13 **How do we get to your restaurant?**
我們要怎麼去餐廳？

3

用餐

小小專欄

★ "set meal" 指的是套餐，但是如果你是要在速食餐廳點套餐，你可以用 **[combo number 1 or number 3]**。"Combo" 是指組合餐／套餐的意思。但是如果在比較高級的餐廳，點餐時他們會給 "set menu"，所以如果你要點有湯、前菜，以及甜點都配好的套餐，客人只要選取主菜，那樣的套餐稱為 "prix fixe"。又或者你可能會在menu上讀到這個字 "La Carte" 這是指單點的意思就讀是套餐囉！

好用單字

☐ 加高座椅	**booster chair**
☐ 高腳椅	**high chair**
☐ 高腳凳	**bar stool**
☐ 餐廳內小房間	**booth**

3 我要點菜

① **I'm ready to order.**
我已準備好要點菜。

② **Can I see a menu, please?**
麻煩你給我看一下菜單。

③ **What do you recommend?**
你推薦些什麼呢？

④ **How about some fish and chips?**
要不要來點魚和馬鈴薯片？

⑤ **What kind of dressing do you have?**
你們有什麼沾醬？

⑥ **Do you have any different salad dressings?**
你們有沒有其它不同的沙拉醬？

⑦ **This one, please.**
我要這個。

⑧ **Can I have a small plate, please?**
我可以要一個小盤子嗎？

⑨ **Just water, thanks.**
水就可以，謝謝。

⑩ **What is today's special?**
今天的特餐是甚麼？

⑪ **Is the salmon fresh?**
這條鮭魚新鮮嗎？

⑫ **Do you have any vegetarian entrees?**
請問你們有素食的主菜嗎？

⑬ **What will you be having this evening?**
你們今天提供什麼晚餐呢？

⑭ **Do you have a dessert menu?**
你們有甜點的菜單嗎？

3

用
餐

4 你有義大利麵嗎？　　　● MP3-2: 37

Do you have <u>spaghetti</u>?
你有義大利麵嗎？

☐ 漢堡	☐ 生魚片
hamburgers	**sashimi**
☐ 牛肉麵	☐ 咖哩飯
beef noodle soup	**curry rice**
☐ 比薩	☐ 烤馬鈴薯
pizza	**baked potatoes**
☐ 三明治	☐ 韓國烤肉
sandwich(es)	**Korean BBQ/ barbecues**
☐ 火鍋	
hot pot	

5 給我火腿三明治　　● MP3-2: 38

I'll have the <u>ham sandwiches</u>.
給我<u>火腿三明治</u>。

□ 燉牛肉	□ 烤劍魚排
beef stew	**grilled swordfish steak**
□ 漢堡肉排	□ 煎焗彩紅鱒魚
hamburg steak	**pan-fried rainbow trout**
□ 蒸龍蝦尾	□ 烤蝦&扇貝
steamed lobster tail	**grilled shrimp&scallops**
□ 烤鮭魚	□ 烤馬鈴薯
grilled salmon	**baked potato**

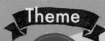
A **Would you like something to drink?**

要不要喝點飲料？

B **—Yes. I'd like <u>coffee</u>, please.**

—好,請給我咖啡。

□ 果汁
juice

□ 可樂
Coke

□ 礦泉水
mineral water

□ 冰沙
a smoothie

□ 蘋果西打
apple cider

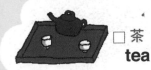

□ 茶
tea

□ 檸檬汽水
lemon fizz

□ 熱可可
hot chocolate

□ 冰咖啡
iced coffee

□ 濃縮咖啡
espresso

□ 檸檬茶
tea with lemon

□ 卡布奇諾
cappuccino

□ 奶茶
tea with milk

□ 冰茶
iced tea

□ 歐雷咖啡(拿鐵咖啡)
cafe au lait

□ 七喜
7up

□ 百事可樂
Pepsi

□ 優格
yogurt

A **What would you like to drinks before dinner?**

餐前您想要喝些什麼嗎？

B **—Beer, please.**

—啤酒，麻煩你。

□ 一杯葡萄酒

A glass of wine

□ 白酒

White wine

□ 自製的酒

House wine

□ 紅酒

Red wine

□ 百威啤酒

Budweiser

□ 白蘭地

Brandy

□ 一瓶啤酒

A bottle of beer

□ 香檳

Champagne

□ 生啤酒

Draft beer

□ 薑汁汽水

Ginger ale

□ 雪利酒

Sherry

8 我還要甜點

MP3-2: 41

A **Do you want <u>some cake</u>?**

你想要來點蛋糕嗎?

B **—Sure!**

—當然!

3

用餐

☐ 冰淇淋

some ice cream

☐ 蘋果派

some apple pie

☐ 聖代

a sundae

☐ 香蕉奶昔

a banana milk shake

☐ 起司蛋糕

some cheesecake

☐ 櫻桃派

some cherry pie

☐ 巧克力蛋糕

some chocolate cake

☐ 覆盆子餡塔

some raspberry tart

☐ 鬆餅

a waffle

☐ 布朗尼(果仁巧克力)

a brownie

A **Do you want some dessert / drink?**

你想吃甜點（喝飲料）嗎？

B **—<u>Cheese cake</u>, please.**

一<u>起司蛋糕</u>，麻煩你。

☐ 冰淇淋	☐ 冰摩卡咖啡
Ice cream	**An iced-mocha**
☐ 布丁	☐ 黑咖啡
Pudding	**Black coffee**
☐ 馬芬	☐ 只要糖，不要奶精
A muffin	**Sugar and no cream**
☐ 司康	☐ 義式濃縮咖啡
A scone	**An espresso**
☐ 無咖啡因咖啡	
Decaf coffee	

📖 例句

1 **Do you have a napkin?**
你們有餐巾嗎？

2 **I'd like a refill, please.**
請回沖，謝謝。

3 **Is the pie a la mode?**
這是冰淇淋派嗎？

4 **Some more bread, please?**
可以再給我一些麵包嗎？

5 **Could you pass the salt, please?**
可以幫我拿一下鹽嗎？

6 **Can I have some water?**
可以給我水嗎？

7 **Excuse me, I dropped my fork.**
不好意思，我的叉子掉了。

8 **Can I have a teaspoon?**
我可以要一個茶匙嗎？

9 **I ordered coffee, but it hasn't come yet.**
我叫了咖啡，但是還沒有來。

10 **This cake is delicious. I must get the recipe.**
這個蛋糕真好吃，我一定要找到它的食譜。

11 **Can I take home the rest?**
剩下的我可以帶走嗎？

12 **Is everything all right?**
您覺得餐點還好嗎？

3

用餐

● MP3-2: 42

A How do you like your steak?

你的牛排要幾分熟？

B —Rare.

—三分。

□ 五分
Medium

□ 全熟
Well-done

□ 七分
Medium-well

好用單字

□ 馬鈴薯泥	**mashed potatoes**
□ 雞胸	**chicken breast**
□ 小牛肉	**veal**
□ 羊肉	**mutton**
□ 龍蝦	**lobster**

☐ 大蝦	**prawns**
☐ 鮭魚	**salmon**
☐ 生蠔	**oysters**
☐ 沙朗牛排	**sirloin**
☐ 腓排	**fillet**
☐ 魚排	**fish-fillet**
☐ 鮪魚腓肋	**tuna steak**

3

用餐

□ 脆塔可餅	□ 酪梨
taco	**avocado**
□ 法士達	□ 墨西哥點心
fajita	**sopapillas**
□ 辣椒起司薄片	□ 莎莎醬
nachos	**salsa**
□ 墨西哥玉米脆片	□ 起司
chips	**queso**
□ 墨西哥玉米薄餅	
tortillas	

小小專欄

★ **Burrito**　墨西哥捲餅

★ 墨西哥菜單上，皆是西班牙語，所以記得把**J**發成**H**的音，兩個**L**在一起不發音，點菜時就八九不離十了。

11 在早餐店　　● MP3-2: 44

A **How do you want your eggs?**

你要怎樣料理你的雞蛋？

B **—Scrambled.**

一炒的。

3

用餐

□ 單面煎	□ 煮（生蛋整顆放到水裡煮熟）
Sunny-side up	**Boiled**
□ 荷包蛋	□ 水煮蛋(生蛋去殼放到水裡煮熟)
Over-easy	**Poached**
□ 半熟荷包蛋	
Over-medium	

I want a cheeseburger.

我要一個起司漢堡。

☐ 一個巨無霸 **a Big Mac**	☐ 一個冰淇淋 **an ice cream**
☐ 一些雞塊 **some chicken nuggets**	☐ 草莓聖代（巧克力／香草） **a strawberry sundae (chocolate / vanilla)**
☐ 一個魚排堡 **a fish-fillet**	☐ 火雞肉三明治 **a turkey sandwich**
☐ 一個大薯條 **a large fries**	☐ 烤牛肉三明治 **a roast beef sandwich**
☐ 一個蘋果派 **an apple pie**	

3

用餐

📖 例句

① **For here, or to go?**
內用或是外帶？

② **For here, please.**
內用。

③ **Make it to go, please.**
外帶。

④ **What size Coke would you like?**
可樂要多大杯？

⑤ **Large(medium / small), please.**
我要大（中／小）的。

⑥ **What kind of bread would you like?**
您要哪種麵包？

⑦ **Would you like ketchup on it?**
您要放蕃茄醬嗎？

⑧ **Without onions, please.**
我不要洋蔥。

小小專欄

★ 在美國的速食店裡，蕃茄醬 "ketchup" 及芥茉醬 "mustard" 都是放在一旁自行取用的。而飲料也是無限續杯的。

★ 速食店裡的店員會問你 [For here or to go?] 意思是，內用或外帶。而 "Drive Thru" 就是車道點餐處。

❶ Let me get the bill.
我去拿帳單。

❷ Let's go dutch.
我們各付各的吧。

❸ It's on me.
我來付帳。

❹ It's my treat. I insist.
我堅持這次由我來付帳。

❺ Can I have the bill, please?
麻煩你，我要買單。

❻ Do I pay here or at the cashier?
在這裡付，還是在櫃台付？

❼ How much is a muffin and a latte?
一個馬芬和一杯拿鐵咖啡共是多少錢？

❽ What is this charge for?
這是什麼費用？

❾ How much should we tip?
我們該付多少小費？

❿ Is that including tax?
這有含稅嗎？

⓫ Do you accept credit cards?
你們接受信用卡付費嗎？

⓬ I enjoyed the meal very much. Thank you.
餐點真好吃。謝謝你！

小小專欄

★ 在美國通常早中餐給**15%**小費，晚餐會多一點到**20%**。

unit
4 購物

1 購物去囉　　　🔘 MP3-2: 47

Is there a <u>department store</u> in this area?

這個地區有<u>百貨公司</u>嗎？

☐ 購物商場 **shopping mall**	☐ 書局 **book store**
☐ 雜貨店 **grocery store**	☐ 唱片行 **CD shop**
☐ 超級市場 **supermarket**	☐ 藥局 **pharmacy**
☐ 便利商店 **convenience store**	☐ 花店 **flower shop**
☐ 運動用品店 **sporting goods store**	☐ 精品店 **boutique**

□ 鞋店	□ 美妝用品店
shoe store	**cosmetics store**
□ 珠寶店	□ 紀念品商店
jewelry store	**souvenir shop**
□ 古董店	□ 二手衣專賣店
antique store	**secondhand clothing store**
□ 美容沙龍	
salon	

小小專欄

★ **outlet** 暢貨中心

過季商品折扣，到了外國 "**outlet**" 絕對是非去不可的其中行程，折扣通常都可以下殺到**2**折，尤其是在美國的 "**Black Friday sale**" 通常更是便宜到讓人不得不買。 "**Black Friday sale**" 是美國感恩節之後的星期五。 趁著感恩節連假，通常全家人吃完火雞後的行程就是去 "**outlet**" 或 "**shopping mall**" 排隊等著買折扣商品。

2 女裝在哪裡
●MP3-2: 48

Where is <u>women's wear</u>?
<u>女裝</u>在哪裡？

□ 男裝

men's wear

□ 童裝

children's wear

□ 化裝品部

the cosmetics department

□ 家電

home appliances

□ 藥品

the pharmacy

□ 禮品包裝

gift-wrapping

□ 服務台

the information desk

□ 入口／出口

the entrance / exit

□ 運動品部

the sporting goods department

小小專欄

★ [gift-wrapping] 中的 "gift" 是指令人感到開心感動的禮物，偏重情感上的色彩，有包含送禮人的心意的意味。還有一個字 "present" 是指因為某些特定場合或是日子而贈送的禮品。

A **May I help you?**

有什麼我可以幫忙的嗎？

B **—I'm looking for <u>a digital camera</u>.**

—我在找<u>數位相機</u>。

□ 鋼珠筆	□ CD唱片
a pen / ballpoint pen	**a CD**
□ 筆記本	□ 背包
a notebook	**a bag**
□ 書	□ 帽子
a book	**a hat**
□ 報紙	□ 耳環
a newspaper	**earrings**
□ 雜誌	□ 自來水筆
a magazine	**a fountain pen**
□ 明信片	□ 隨身日記本
a postcard	**a pocket dairy**

□ 唱片

a record

□ 領帶

a tie

□ 世界知名品牌

world famous brands

□ 配件

accessories

□ 夾式耳環

clip-on earrings

□ 戒指

a ring

□ 手鐲

a bracelet

□ 鍊墜

a pendant

□ 領帶夾

a tie pin

□ 胸針

a brooch

□ 鴨舌帽

a cap

□ 香水

perfume

□ 指甲油

nail polish

□ 洗髮精

shampoo

□ 潤絲精

conditioner

□ 太陽眼鏡

sunglasses

□ 防曬油

sunscreen

4

購物

I'd like to buy <u>a swimsuit</u>.
我想要買<u>泳衣</u>。

☐ 比基尼	☐ 精油蠟燭
a bikini	**an aromatic candle**
☐ 燈具	☐ 百花香料
a lighter	**potpourri**
☐ 泳褲	☐ 內衣褲
swimming trunks	**underwear**
☐ 緊身衣褲	☐ 襪子
pantyhose	**socks**
☐ 餐具	☐ 手帕
tableware	**a handkerchief**
☐ 絨毛娃娃	☐ 圍巾
a stuffed animal	**a scarf**
☐ 煙斗	☐ 香菸
a pipe	**cigarettes**
☐ 皮夾	☐ 衛生棉
a wallet	**sanitary items**

5 我想買毛衣 ● MP3-2: 51

I'm looking for <u>a sweater</u>.
我想買<u>毛衣</u>。

□ 西裝	□ 外套
a suit	**a coat**
□ 連身裙	□ 夾克
a dress	**a jacket**
□ T恤	□ 背心
a T-shirt	**a vest**
□ 裙子	□ 游泳衣
a skirt	**a swimsuit**
□ 睡衣	□ 短上衣
pajamas	**a blouse**
□ 牛仔褲	□ 胸罩
jeans	**a bra**
□ 褲子	□ 領帶
a pair of pants	**a tie**
□ 手套	□ 毛巾
a pair of gloves	**towels**

I'm looking for a <u>T-shirt</u>.

我正在找<u>T恤</u>。

□ 夾克	□ 外套
jacket	**coat**
□ 馬球衫	□ 大號
polo shirt	**size large**
□ 休閒衫	□ 洋裝
casual shirt	**dress**
□ 套衫	□ 襯衫
pullover	**dress shirt**
□ 胸前開釦的羊毛衫	□ 裙子
cardigan	**skirt**
□ 牛仔夾克	□ 套裝
jean jacket	**suit**

衣服相關單字

□ 長褲	**trousers**
□ 牛仔褲	**jeans**
□ 水手服	**crew neck**
□ V領	**V-neck**
□ 高領	**turtle neck**
□ 短袖	**short sleeve(shirt)**
□ 長袖	**long sleeve(shirt)**
□ 三分袖	**three-quarter-sleeve(shirt)**
□ 無袖	**sleeveless(shirt)**
□ 聚酯棉紗	**poly-cotton**
□ 棉	**cotton**

4

購
物

□ 絲	silk
□ 亞麻布	linen
□ 聚酯纖維	polyester

小小專欄

★ **Plus sized** 大尺碼
★ 衣服尺寸英文表示

XL Extra Large size　　　**XS extra small size**
L Large size　　　　　　　**F Free size**
M Medium size　　　　　　**XXL double extra large**
S Small size

7 店員常說的話

MP3-2: 53

1 **May I help you?**
您要什麼？

2 **What about this one?**
這個如何？

3 **It's a well-known brand.**
這是知名品牌。

4 **It looks nice on you.**
你穿起來很好看。

5 **They match perfectly.**
它們真是完美的搭配。

6 **Are they on sale?**
它們是特價的商品嗎？

7 **It's in style.**
樣式很流行。

8 **It's a perfect fit.**
這正好很合身。

9 **It looks fabulous on you.**
你穿起來真好看。

10 **You look great in it.**
你穿起來真好看。

4
購物

小小專欄

★ **[a pair of gloves pair]** 中的 "**pair**" 指成雙成對的物品，只要少了其中一個，就無法產生作用或是變得不完整的。相對地，還有一個字 "**couple**" 是指同一類的事物有兩個。雖然兩者之間有關係，可以聯繫在一起，但是分開後依舊具有其獨立 。

❶ Can I try it on?
我可以試穿嗎？

❷ Can I see that one, please?
我可以看看那個嗎？

❸ Do you have this in any other colors?
你們有沒有別的顏色？

❹ It looks nice on you.
你穿起來很好看。

❺ It fits well.
很合身。

❻ You can take a look in the mirror.
你可以照照鏡子。

❼ Where's the fitting room?
試衣間在那裡？

❽ It doesn't fit.
不合身。

❾ Do you do alterations?
你們的商品有可以換貨的服務嗎？

❿ Do you have a size"S"?
你有「S」號的嗎？

9 我要紅色那件 　　　● MP3-2: 55

I want the <u>red</u> ones.
我要<u>紅色</u>的那件。

□ 黃色	□ 咖啡色
yellow	**brown**

□ 灰色	□ 灰褐色
gray	**beige**

□ 橘色	□ 藍色
orange	**blue**

□ 紅色	□ 綠色
red	**green**

□ 粉紅色	□ 紫色
pink	**purple**

□ 白色	□ 金色
white	**gold**

□ 黑色	□ 銀色
black	**silver**

□ 格子花紋	□ 淺
checkered	**light**
□ 條紋	□ 深
striped	**dark**
□ 花紋	□ 素面
flowered	**solid**
□ 點點紋	□ 簡單
polka-dotted	**plain**

10 這是棉製品嗎　　● MP3-2: 56

Is this <u>cotton</u>?

這是<u>棉製品</u>嗎？

□ 亞麻布	□ 毛
linen	**fur**
□ 尼龍	□ 皮
nylon	**leather**
□ 聚酯	□ 羊毛
polyester	**wool**
□ 絲	□ 山羊絨
silk	**cashmere**

4

購物

11 我不喜歡那個顏色

I don't like the <u>color</u>.
我不喜歡那個<u>顏色</u>。

□ 樣式

pattern

□ 材質

material

□ 品質

quality

□ 款式

style

例句

❶ It feels good.
穿起來很舒服。

❷ Is it dry-clean only?
這只能乾洗嗎？

❸ Can I put it in the dryer?
我能把它放進烘衣機嗎？

❹ Will it shrink?
會縮水嗎？

❺ Will the color fade?
會退顏色嗎？

❻ Is this waterproof?
能防水嗎？

❼ Can I put it in the washing machine?
我能用洗衣機洗嗎？

❽ Do I have to hand-wash this?
這要用手洗嗎？

❾ How should I care for this?
我要怎麼保養它？

❿ Can I hang it out to dry?
可以掛到外面曬乾嗎？

12 太小了　　●MP3-2: 58

It's too <u>small</u>.
太<u>小</u>了。

□ 大
big

□ 長
long

□ 短
short

□ 簡單
plain

□ 貴
expensive

□ 鬆
loose

□ 緊
tight

□ 硬
hard

4

購物

📖 例句

1 **It's too small for me.**
這件對我而言太小了。

2 **Do you have a bigger one?**
你有沒有大一點的？

3 **Here is a size large.**
這是大尺寸的。

4 **I believe it will fit you.**
我相信這件適合你穿。

5 **It fits me well.**
這件適合我。

6 **Do you have a size"L"?**
你有「L」號的嗎？

小小專欄

★ 店員拿給我們的貨品，如果覺得太大、太小或是太貴，就可以說 [It's too big (small, expensive)for me.]；剛好合身說 [It fits me well.]。

13 我要這件
🔘MP3-2: 59

1 **I like this one.**
我喜歡這件。

2 **I'll take this one.**
我要這件。

3 **Do you need anything else?**
你還要什麼嗎？

4 **This one is nice, too.**
這個也不錯。

5 **How about this one?**
這個如何？

6 **Do you want a skirt to go with your new shirt?**
你要一條裙子來搭配你的新襯衫嗎？

14 你能改長一點嗎？　● MP3-2: 60

Can you alter it? Make it a little <u>longer</u>, please.

你能修改一下嗎？麻煩你改<u>長</u>一點。

□ 短一點	□ 緊一點
shorter	**tighter**
□ 鬆一點	□ 大一點
looser	**bigger**

15 買鞋子　● MP3-2: 61

A How much are these <u>high heels</u>?

這雙<u>高跟鞋</u>多少錢？

B —They're $10.

—這個要十美元。

□ 帆布運動鞋	□ 女用搭配裙子的鞋子
sneakers	**dress shoes**
□ 休閒鞋	□ 拖鞋
loafers	**mules**

□ 靴子	□ 慢跑鞋
boots	**jogging shoes**
□ 西部靴	□ 涼鞋
cowboy-boots	**sandals**
□ 網球鞋	□ 休閒鞋
tennis shoes	**hiking shoes**

16 有大一點的嗎？ ● MP3-2: 62

Do you have <u>a larger size</u>?
有<u>大一點</u>的嗎？

□ 中碼	□ 小一點
a medium	**a smaller size**
□ 加大	□ 更小一點
an extra-large	**an extra small**

小小專欄

★ **[extra small]** 中的 "small" 是指客觀地以度量衡的標準，形容比較小的事物，含有經過比較而得的結果之意味。

17 有其他顏色嗎？   ● MP3-2: 63

Do you have any <u>in other colors</u>?
有<u>其他顏色</u>嗎？

☐ 其他樣式

with other designs

☐ 其他花色

with another pattern

☐ 其他材質

made from other material

☐ 其他款式

other styles

4

購物

18 我只是看看   ● MP3-2: 64

❶ I'm just looking.
我只是看看。

❷ I'm going to keep looking.
我打算繼續看看。

❸ Maybe next time.
也許就等下次吧。

❹ I need to think about it.
我必須考慮一下。

❺ Well, maybe not.
也許不了。

❻ I'll come back later.
我待會再來。

❼ Thanks. I'm only browsing.
謝謝，我只是看看而已。

❽ Thank you. I'll let you know if I need any help.
謝謝！需要幫忙時我會叫你的。

A **How much is this?**

這多少錢？

B **−1,500 dollars.**

一一千五百美元。

□ 一分錢	□ 五元
1¢	**$ 5**
□ 五分錢	□ 十元
5¢	**$ 10**
□ 十分錢	□ 二十元
10¢	**$ 20**
□ 二十五分錢	□ 五十元
25¢	**$ 50**
□ 一元	
$ 1	

20 討價還價　　　　　　○ MP3-2: 66

1 It's too expensive for me.
對我而言太貴了。

2 A little cheaper, please.
算便宜一點嘛！

3 A little discount, please.
再打個折扣嘛！

4 If it costs less than $20, I could buy it.
二十美元的話就買。

5 They're on special this week.
他們這禮拜在特價中。

6 They've been reduced to 3 dollars.
已經降到3美元了。

7 They're fifty percent off.
這是半價了。

8 These are buy two, get the third one free.
買兩個就送一個。

4

購
物

小小專欄

★ **[on special=on sale]**（折價出售）。為了吸引顧客，店家總是挖空心思，做一些行銷策略，折價出售一些商品。在商品上用最醒目的字跟顏色大大寫上"**on sale**"或"**on special**"。逢年過節就更不用說了。

🔖 例句

1 **Where is the cashier?**
收銀台在哪裡？

2 **How much is this?**
這多少錢？

3 **How much do I owe you?**
我還欠你多少錢？

4 **You are ten dollars short.**
你少付我十元。

5 **I'd like to pay by card.**
我要刷卡。

6 **How many installments?**
您要分幾次付款？

7 **One.**
一次。

8 **Six.**
六次。

9 **Can I pay in Taiwan dollar?**
我可以付台幣嗎？

10 **Could you ship this to Taiwan?**
可以幫我寄到台灣嗎？

11 **How much is the shipping cost?**
運費多少錢？

12 **When will it arrive?**
什麼時候送到？

21 退貨換貨

1 **I'd like to return this.**
我要退貨。

2 **I'd like to exchange this.**
我想換貨。

3 **I bought this yesterday.**
我昨天買的。

4 **Can I exchange it for something else?**
我可以換別的東西嗎？

5 **There's a stain.**
這裡有污漬。

6 **There's a hole.**
這裡有個洞。

7 **It doesn't fit.**
不合身。

8 **It makes me look fat.**
它讓我看起來很胖。

9 **I'm having second thoughts.**
我考慮很久了。

10 **I'd like a refund.**
我想退錢。

11 **Here's the receipt.**
這是收據。

12 **It's nonrefundable.**
我們無法退錢。

小小專欄

★ 在國外買東西要換要退時一定要注意收據 "**receipt**" 上的 "**return/exchange policy**"，通常會有註明幾天內可換可退。又或者是上面會寫 "**Final sale**" 那就表示此商品賣出後，急不可退換了。 大家購物前要先看清楚呀！

1 坐車去囉 ●MP3-2: 68

A Let's go by <u>bus</u>.

去搭巴士吧。

B —Ok.

一好。

☐ 腳踏車	☐ 公車
bike	**bus**
☐ 汽車	☐ 計程車
car	**taxi**
☐ 捷運	☐ 摩托車
MRT	**motorcycle / a motorscooter**
☐ 電車	☐ 輪船
train	**ship**
☐ 地鐵	☐ 飛機
subway	**airplane**

□ 船	□ 直升機
boat	**helicopter**

小小專欄

★ 搭乘交通工具除了可以用"**by+**交通工具"也可以用"**take**"或"**ride**",像是
Take a / an / the car / bus / MRT / plane / train
Ride a / an / the bike / motorcycle

2 我要租車 ●MP3-2: 69

A Do you have any <u>compact</u> cars?

請問你們有<u>小型</u>車嗎?

B —Of course.

一當然有。

□ 省油的	□ 日本的
economy	**Japanese**
□ 中型的	□ 四門的
mid-sized	**4-door**
□ 全套的	□ 美國的
full-sized	**American**

🔊 例句

1 **What is the total?**
總共多少錢？

2 **Does it include tax and insurance?**
有包括稅金跟保險費嗎？

3 **I'd like full coverage.**
我希望投所有的保險。

4 **My car broke down.**
我的車子故障了。

5 **I got a flat tire.**
我的爆胎了。

6 **Please call a tow truck.**
幫我叫拖車。

7 **The brakes don't work very well.**
煞車不怎麼靈光。

8 **I can't drive a stick.**
我不會開手排車。

9 **Do you have any automatics?**
你有自動排檔車嗎？

10 **I don't want to rent an SUV.**
我不想租SUV。

小小專欄

★ **SUV** 休旅車 　　　　**mini Van** 6人坐
　 coupe 2門車 　　　　**sedan** 4門車
　 convertible 敞篷車

★ "**stick**"是裝有手動變速器的汽車；"**automatic**"是裝有自動變速器的汽車。另外要提醒的是，在國外如果車子故障了，為了安全起見，請務必待在車內等待救援喔！

好用單字

□ 駕照	**driver's license**
□ 國際駕照	**international driving permit**
□ 車子的種類	**type of car**
□ 租車契約	**rental contract**
□ （車子）登記書	**registration**

5

各種交通

❶ How much is a ticket to downtown?
去市中心的車票是多少錢？

❷ round-trip ticket
來回票

❸ one-way ticket
單程票

❹ How much is it?
多少錢？

❺ How long does it take?
要花多少時間？

❻ Is it cheaper to go by bus?
坐公車比較便宜嗎？

❼ How many tickets do you want?
你要幾張車票？

❽ I'd like to buy a ticket.
我要買一張。

❾ Do I need to sit in an assigned seat?
我需要坐在指定的座位嗎？

❿ Excuse me, I think you're in my seat.
對不起，我想這是我的座位。

小小專欄

★ **[downtown]** 在美國是指位於都市市中心，有高樓大廈、 物中心等人群聚集、熱鬧的地方。順便一提，**"City"**（城市）通常是指人口密集度較高的都會區或城市；**"town"**（小鎮）是比城市的規模要小的鄉鎮；**"village"**（村落）常用來指以農業為主的小型聚落。

4 坐公車　　　　　　　　　　　● MP3-2: 71

1 **Where is the bus stop?**
公車站在哪裡？

2 **Can I have a bus route map?**
可以給我巴士路線圖嗎？

3 **Do you stop at West 8th Street?**
你們會停西八街嗎？

4 **No, take the 104.**
不，請你坐104。

5 **How much is the fare?**
車資多少錢？

6 **Which bus goes there?**
哪一輛公車會到那裡？

7 **How long does it take to West 8th Street?**
去西八街要多久？

8 **Here comes the number 104 now!**
104號公車來了。

9 **It depends on the traffic.**
看交通狀況而定。

10 **Will you tell me when to get off?**
我該下車時請你告訴我好嗎？

11 **I'll call out your stop.**
我會說出你要下車的站名。

12 **May I have a transfer ticket?**
請給我車票。

13 **I'd like to get off here.**
我要在這裡下車。

14 **Open the rear door, please.**
請開後車門。

5

各種交通

⑮ Please sit down.
請坐下。

⑯ Please take my seat.
請坐我的位子。

小小專欄

★ 不知道應該搭幾號公車到想去的地方，就說 [Which bus goes there?]。[Here comes...]是「你看！…來了」。想下車的時候，就拉 "Bell Code"（下車鈴），其實看看其他乘客的作法就會啦！

好用單字

□ 回數票	**ticket book**
□ 一日遊票	**one-day pass**
□ 目的地	**destination**
□ 轉車	**transfer**
□ 下一站	**next stop**
□ 上車	**get on**

□ 下車	**get off**
□ 代幣	**token**
□ 閘門	**gate**

小小專欄

★ "fare" 常用於車費，船費或者機票或船票的票價。什麼時候要用 "fare" 怎麼用，要弄清楚喔。譬如，搭taxi時，你要問司機 [How much is the fare?] 要問機票價錢 ，要問 [What's the air fare from Taipei to Los Angeles?]

5

各種交通

Where is the <u>subway station</u>?
<u>地鐵站</u>在哪裡？

□ 入口	□ 售票機
entrance	**ticket machine**
□ 出口	□ 售票處
exit	**fare adjustment office**

例句

❶ **Does this train go to Central Park?**
這火車有到中央公園嗎？

❷ **Yes, it does.**
有，有到。

❸ **No. You have to change to the Red line.**
沒到，你必須轉搭紅線。

❹ **Will it stop at Central Park?**
它有停中央公園嗎？

❺ **How many stops until Central Park?**
到中央公園有幾站？

❻ **Where do I transfer?**
我該到哪裡轉車？

❼ **When is the next train?**
下一班火車是何時到達？

⑧ At which stop should I get off ?
我該在哪個站下車？

⑨ I lost my ticket.
我的車票不見了。

⑩ Would you let me pass, please?
不好意思，借過一下。

⑪ You can have this seat.
（讓位）請坐這裡。

⑫ Thank you.
謝謝你。

⑬ It's a wonderful view.
風景真好！

⑭ Where are you going?
你要去哪裡？

5

各種交通

⑮ You can get pretty much anywhere on the subway.
坐地鐵可以到很多地方。

⑯ The subway is really convenient.
地鐵真方便。

好用單字

☐ 車票	**ticket**
☐ 回數券	**coupon ticket**
☐ 地鐵車票	**a Metro Card**
☐ 悠遊卡	**a transit card**

小小專欄

★ 最近使用巴士跟公車通用的 **"transit card"** （悠遊卡）的都市有增加的趨勢。

6 坐火車　　　　　　　　　　　　● MP3-2: 73

① A ticket to Long Island, please.
去長島的車票。

② For what day?
哪一天？

③ Today. Now.
今天，現在。

④ That's five dollars. The next train leaves at 10:40.
五元。下一班火車在十點四十分開出。

小小專欄

★ [That's five dollars. The next train leaves at 10:40.] 中的 "leave" 離開某地
要出發前往另一個地方。另一個字，"Start"（開始）表示事情或是動作的開
始或開端。

好用單字

□（每站都停）普通車	**local**
□ 快車	**express**
□ 特快車	**limited express**
□ 長途公車	**coach**
□ 臥車	**sleeping car**

☐ 普通臥舖（2人臥舖個人房）	**standard bedroom**
☐ 車廂（有舒適座位及小吃的）	**club car**
☐ 車室	**compartment**
☐ 單程車票	**one-way ticket**
☐ 來回車票	**round trip ticket**
☐ 票價	**train fare**
☐ 時間表	**timetable**
☐ 候車室	**waiting room**
☐ 小吃車廂	**dining car**
☐ 讀書燈	**reading light**
☐ 車上行李架	**luggage rack**
☐ 來回旅程	**round-trip**

☐ 單程	**one-way**
☐ 驗票口	**ticket barrier**
☐ 車站	**station**
☐ 售票機	**ticket machine**
☐ 月台	**platform**
☐ 車軌	**track**
☐ 客運站	**terminal**

5

各種交通

① **Where to?**
去那裡？

② **173 East 85th Street.**
173東85街。

③ **Please take me to this address.**
我要到這個地址。

④ **How long is the ride to Grand central Station?**
到大中央車站要多久？

⑤ **How much is the cab fare to downtown?**
到市中心計程車費要多少？

⑥ **You can let me out here.**
你可以讓我在這裡下車。

⑦ **Keep the change.**
不必找錢了。

⑧ **Just pull over here.**
就停在這裡吧。

⑨ **Can you stop by Macy's first?**
你可以先停在梅西百貨嗎？

⑩ **This is it.**
這就是了。

⑪ **Here it is.**
到了。

⑫ **Can you roll down the window?**
你可以搖下車窗嗎？

⑬ **Could you please slow down a little?**
可以開慢點嗎？

⑭ **Are there any alternate routes?**
有沒有其它的路線？

⑮ **Can I have a receipt?**
可以給我收據嗎？

⑯ **You gave me the wrong change.**
你找的零錢不對。

⑰ **Could you open the trunk, please?**
可以麻煩開後車廂嗎？

小小專欄

★ 在外國搭計程車時要注意有些國家或城市是要給司機小費的喔！在美國，通常乘客都會給總車資的5%-10%左右的金額當作小費。

5

各種交通

好用單字

□ 紅綠燈	**traffic light**
□ 人行道	**sidewalk**
□ 道路標誌	**road sign**
□ 標誌	**sign**
□ 封鎖	**block**
□ 地下道	**underpass**

❶ I think I'm lost.
我迷路了。

❷ Excuse me. Can you show me where the bus station is?
對不起，你可以告訴我車站在那裡嗎？

❸ Can you point me in the right direction?
你可以告訴我正確的方向嗎？

❹ How can I get to SOHO?
我該怎麼去SOHO區呢？

❺ I want to go to the Prince's Building.
我想到王子大廈。

❻ Is it far?
很遠嗎？

❼ How far is it?
有多遠呢？

❽ It's only a couple of blocks from here.
從這裡到那裡只隔兩個街區。

❾ Go straight down this street.
這條路直走。

❿ Go down this street about fifty meters.
這條路走約50公尺。

⓫ Turn right at the second traffic light.
在第二個紅綠燈右轉。

⓬ Turn left at the second corner.
在第二個轉角左轉。

⓭ Go across the bridge and take a left.
過橋後左轉。

⓮ It's on the right side.
就在右邊。

⑮ **Go along and you're sure to get there.**
一直往前走，你一定找得到的。

⑯ **It's far from here.**
從這到那裡很遠。

⑰ **You should go by bus.**
你得坐公車。

⑱ **Tell me how to get there, please.**
請告訴我怎麼去。

⑲ **Do you have a map?**
你有地圖嗎？

⑳ **Draw a map for me, please.**
請幫我畫個地圖。

5

各種交通

㉑ **Thanks a lot.**
謝謝你！

㉒ **Come along with me.**
我帶你去。

小小專欄

★ [Can you show me where the bus station is？]中的 "show" 是用肢體表演或是親身示範，而使對方更清楚的理解。另外，美國的街道的劃分是以 "blocks" 跟 "streets" 來表示。"block" 對我們來講比較陌生，它是指四面被街道包圍的一個街區單位。

● MP3-2: 76

1 next to the train station
就在火車站旁邊

2 at the corner
就在路口

3 at the next intersection
就在下一個十字路口

4 on your left-hand side
在你左手邊

5 between Macy's and Virgin Records
在梅西百貨和維珍唱片之間

6 past that traffic light
過那個紅綠燈

7 turn right at the third corner
在第三個路口右轉

8 go straight 2 blocks
直走兩個街區

unit 6 觀光

1 在旅遊諮詢中心　　　　　　●MP3-2: 77

Could I have <u>a sightseeing map</u>, please?

請給我<u>觀光地圖</u>。

□ 公車路線圖	□ 餐廳資訊
a bus route map	**a restaurant guide**
□ 地鐵路線圖	□ 購物資訊
a subway route map	**a shopping guide**

2 有一日遊嗎　　　　　　●MP3-2: 78

Do you have a <u>full-day</u> tour?

你有<u>一日</u>遊嗎？

□ 半天	□ 晚上
a half day	**a night**

1 **Where is the tourist information center?**
旅遊諮詢中心在哪裡？

2 **Do you have a tour for skiing?**
你有滑雪之旅嗎？

3 **When is it open?**
什麼時候開門？

4 **Is the museum open today?**
博物館今天有開嗎？

5 **Can you recommend a good restaurant?**
你能推薦好餐廳嗎？

6 **Do you know where to join a tour?**
你知道去哪裡參加旅遊團嗎？

7 **Do they have a Chinese-speaking guide?**
他們有沒有講中文的導遊？

8 **How much does admission to the museum cost?**
博物館的入場費要多少錢？

9 **Is there a cafe in the museum?**
博物館內有咖啡廳嗎？

10 **Do you have an audio guide?**
你有語音導覽嗎？

11 **Where is the pick-up point?**
遊覽車集合場所在哪裡？

12 **We'd like to reserve a day tour for tomorrow.**
我們要預約明天的一日遊。

小小專欄

★ 我們來比較 [tour, trip, travel] 這三個字的不同：

tour：指一次去拜訪多個地方，做視察或短時間觀光的旅行。

trip：通常是指短期的旅行，到特定地點遊覽之後，便回程的小型旅行。

travel：指去比較遠的地方，並且花費較長時間的到遠方去旅行遊歷。

3 我要去迪士尼樂園　　● MP3-2: 79

I want to <u>go to</u> <u>Disney Land</u>.
我要去 迪士尼樂園。

☐ 看／煙火表演	☐ 看／電影
see / a fireworks display	**see / a movie**
☐ 登山／某處	☐ 看／籃球比賽
go hiking / somewhere	**see / a basketball game**
☐ 去／跳蚤市場	☐ 去／圖書館
go to / a flea market	**go to / a library**
☐ 看／百老匯表演	☐ 去／溜冰
see / a Broadway show	**go / roller skating**
☐ 看／展覽	☐ 參觀／博物館
see / an exhibition	**visit / the museum**

6

觀光

小小專欄

★ **[a basketball game]** 中的 "game" 在美國指各種關於智力，或是 "**baseball, football**" 等後面有 "**ball**" 的體能比賽。至於 "**tennis,golf,boxing**" 等用 "**math**"。也指非正式娛樂性質的競賽。

I would like to go to <u>the Eiffel Tower</u>.
我要怎麼到（法國）<u>艾菲爾鐵塔</u>。

□ 羅浮宮（法國）

The Louvre (France)

□ 萬里長城（中國）

the Great Wall of China (China)

□ 紫禁城（中國）

the Forbidden City (China)

□ 金字塔（埃及）

the Great Pyramids of Giza (Egypt)

□ 人面獅身像（埃及）

the Sphynx (Egypt)

□ 泰姬瑪哈陵（印度）

the Taj Mahal (India)

□ 澳洲大堡礁（澳洲）

the Great Barrier Reef (Australia)

□ 雪梨歌劇院（澳洲）

the Sydney Opera House (Australia)

□ 尼加拉瓜大瀑布（美國）

Niagra Falls (USA)

□ 大峽谷（美國）

the Grand Canyon (USA)

□ 自由女神（美國）

the Statue of Liberty (USA)

□ 比薩斜塔（義大利）

the Leaning Tower of Pisa (Italy)

□ 羅馬競技場（義大利）

the Rome Colosseum (Italy)

□ 吳哥窟（柬埔寨）

Angkor Wat (Cambodia)

□ 帕德嫩神廟（希臘）

the Pantheon (Greece)

好用單字

☐ 美術館	**art museum**
☐ 博物館	**museum**
☐ 動物園	**zoo**
☐ 水族館	**aquarium**
☐ 公園	**park**
☐ 大廈	**building**
☐ 音樂廳	**hall**
☐ 圖書館	**library**
☐ 教堂	**church**
☐ 戲院、劇院	**theatre**

6

觀光

I'd like to try <u>horseback riding</u>.
我想要去試試<u>騎馬</u>。

□ 泛舟	□ 深海潛水
rafting	**scuba diving**
□ 滑翔翼	□ 高空彈跳
paragliding	**bungy jumping**
□ 熱氣球之旅	□ 滑雪
hot air balloon riding	**skiing**
□ 跳傘	□ 射擊
parachuting	**shooting**

例句

❶ **Can I rent fishing tackle?**
我可以租釣魚用具嗎？

❷ **Where is the bicycle rental shop?**
腳踏車出租店在哪裡？

❸ **Can I rent some equipment?**
我可以租些裝備嗎？

❹ **What kind of event is it?**
這是什麼樣的活動？

5 **Where is it held?**
在哪裡舉辦？

6 **What time does it start?**
幾點開始？

7 **Can children join?**
小孩可以參加嗎？

8 **The limousine will take you back to the hotel.**
加長禮車會送你回飯店。

好用單字

□ 高爾夫球場	**golf course**
□ 海水浴場	**beach**
□ 釣魚場	**fishing spot**
□ 滑雪場	**skiing resort**
□ 潛水場	**diving spot**
□ 夜市	**night market**
□ 跳蚤市場	**flea market**

6

觀
光

□ 高爾夫球具	**golf clubs**
□ 滑雪用具	**skiing outfit**
□ 潛水用具	**diving gear**

小小專欄

★ 美國國定假日

New Year's Day
新年（一月一日）

Martin Luther King Day
馬丁‧路德‧金恩日（一月第三個星期一）

Presidents' Day
總統日（二月第三個星期一）

Memorial Day
陣亡將士紀念日（五月最後一個星期一）

Independence Day
獨立紀念日（七月四日）

Labor Day
勞工節（九月第一個星期一）

Columbus Day
哥倫布日（十月第二個星期一）

Veterans' Day
退伍軍人節（十一月十一日）

Thanksgiving Day
感恩節（十一月第四個星期四）

Christmas Day
聖誕節（十二月二十五日）

6 漫遊美國各州 MP3-2: 82

A Is this your first time to visit <u>Ohio</u>?

這是你第一次去<u>俄亥俄州</u>嗎？

B —Yes.

一對。

☐ 阿拉巴馬州	☐ 康乃狄克州
Alabama (AL)	**Connecticut (CT)**
☐ 阿拉斯加州	☐ 德拉瓦州
Alaska (AK)	**Delaware (DE)**
☐ 亞利桑那州	☐ 首都華盛頓
Arizona (AZ)	**Washington, DC** (the District of Columbia)
☐ 阿肯色州	☐ 佛羅里達州
Arkansas (AR)	**Florida (FL)**
☐ 加利佛尼亞州	☐ 喬治亞州
California (CA)	**Georgia (GA)**
☐ 科羅拉多州	☐ 關島
Colorado (CO)	**Guam**

6
觀光

□ 夏威夷州 **Hawaii (HI)**	□ 緬因州 **Maine (ME)**
□ 愛達荷州 **Idaho (ID)**	□ 馬里蘭州 **Maryland (MD)**
□ 伊利諾州 **Illinois (IL)**	□ 麻薩諸塞州 **Massachusetts (MA)**
□ 印地安那州 **Indiana (IN)**	□ 密西根州 **Michigan (MI)**
□ 愛荷華州 **Iowa (IA)**	□ 明尼蘇達州 **Minnesota (MN)**
□ 堪薩斯州 **Kansas (KS)**	□ 密西西比州 **Mississippi (MS)**
□ 肯塔基州 **Kentucky (KY)**	□ 密蘇里州 **Missouri (MO)**
□ 路易斯安那州 **Louisiana (LA)**	□ 蒙大拿州 **Montana (MT)**

☐ 內布拉斯加州

Nebraska (NE)

☐ 俄亥俄州

Ohio (OH)

☐ 內華達州

Nevada (NV)

☐ 奧克拉荷馬州

Oklahoma (OK)

☐ 新罕布什爾州

New Hampshire (NH)

☐ 俄勒岡州

Oregon (OR)

☐ 新澤西州

New Jersey (NJ)

☐ 賓夕凡尼亞州

Pennsylvania (PA)

☐ 新墨西哥州

New Mexico (NM)

☐ 羅得島州

Rhode Island (RI)

☐ 紐約州

New York (NY)

☐ 南卡羅萊納州

South Carolina (SC)

☐ 北卡羅萊納州

North Carolina (NC)

☐ 南達科達州

South Dakota (SD)

☐ 北達科達州

North Dakota (ND)

☐ 田納西州

Tennessee (TN)

6

觀
光

□ 德克薩斯州	□ 華盛頓州
Texas (TX)	**Washington (WA)**
□ 猶他州	□ 西維吉尼亞州
Utah (UT)	**West Virginia (WV)**
□ 佛蒙特州	□ 威斯康辛州
Vermont (VT)	**Wisconsin (WI)**
□ 維吉尼亞州	□ 懷俄明州
Virginia (VA)	**Wyoming (WY)**

7 看看各種的動物　●MP3-2: 83

A **What's your favorite animal?**

你最喜歡什麼動物？

B **—I like the <u>dog</u>.**

一我喜歡<u>狗</u>。

□ 貓	□ 牛
cat	**cow**
□ 兔子	□ 羊
rabbit	**sheep**
□ 松鼠	□ 山羊
squirrel	**goat**
□ 老鼠	□ 鹿
mouse / mice	**deer**
□ 倉鼠	□ 馴鹿
hamster	**reindeer**
□ 馬	□ 豬
horse	**pig**

6

觀
光

□ 熊	□ 長頸鹿
bear	**giraffe**
□ 狼	□ 河馬
wolf	**hippo**
□ 大象	□ 麻雀
elephant	**sparrow**
□ 獅子	□ 貓頭鷹
lion	**owl**
□ 犀牛	□ 鷹
rhino	**hawk**
□ 豹	□ 鴿子
leopard	**dove**
□ 熊貓	□ 火雞
panda	**turkey**

8 景色真美耶

● MP3-2: 84

1 **What a great view!**
景色真美耶！

2 **How beautiful!**
真美啊！

3 **That's neat.**
這真不錯。

4 **It's fantastic.**
真的好極了。

5 **The food is really yummy.**
食物很好吃。

6 **I like the atmosphere here.**
我喜歡這裡的氣氛。

6
觀
光

7 **That's so huge!**
那真大呀！

8 **This is the oldest museum in France.**
這是法國最古老的美術館。

9 **How old is it?**
有多古老？

10 **It's over one thousand years old.**
有一千多年了。

11 **Shall I take some pictures of you?**
我可以拍你幾張照嗎？

12 **Excuse me, sir. Could you take a picture of us?**
打擾您一下，可以請您幫我們拍照嗎？

13 **Smile, everyone!**
大家，笑一個。

14 **When does it open?**
開放的時間是幾點哪？

⑮ **Where is the gift shop?**
禮品店在那裡？

⑯ **I need to go to the bathroom.**
我想上洗手間。

⑰ **Can I check my coat?**
我可以寄放我的外套嗎？

⑱ **Let's take a rest here.**
我們在這裡休息一下吧！

小小專欄

★ **[How old is it?]** 中的 **"old"** 可以用在人或物上面。用在人身上表示「年老的」；用在物上面表示「古老的，舊的」。

★ **[Can I check my coat?]** 中的 **"check"** 是暫存（帽子、大衣等）之意。一般在博物館等地方有 **"coat check"** （衣物寄放處）可以用來暫存外套或帽子等等。

9 帶老外玩台灣 ● MP3-2: 85

A **Where are you going tomorrow?**

你明天要去哪裡？

B —**We're going to <u>Yilan</u>.**

—我們要去宜蘭。

☐ 彰化	☐ 金門
Changhua	**Kinmen**
☐ 嘉義	☐ 連江縣
Chiayi	**Lienchiang**
☐ 新竹	☐ 苗栗
Hsinchu	**Miaoli**
☐ 花蓮	☐ 南投
Hualien	**Nantou**
☐ 高雄	☐ 澎湖
Kaohsiung	**Penghu**
☐ 基隆	☐ 屏東
Keelung	**Pingtung**

6

觀光

☐ 臺中	☐ 臺東
Taichung	**Taitung**

☐ 臺南	☐ 桃園
Tainan	**Taoyuan**

☐ 臺北	☐ 雲林
Taipei	**Yunlin**

☐ 臺北縣
Taipei County

小小專欄

★ "**Taipei County**" 台北縣已於**2010**年改制 "**New Taipei City**" 為新北市。

A How was your trip to <u>Lin Family Garden</u>?

你的<u>板橋林家花園</u>之旅如何？

B —It was fun!

—非常的有趣！

☐ 台北木柵動物園	☐ 國父紀念館
Taipei Mu Cha Zoo	**Sun Yat-sen Memorial Hall**
☐ 台北101大樓	☐ 三峽清水祖師廟
Taipei 101	**Sansia Ching Shui Tsu Shih Temple**
☐ 總統府	☐ 基隆市廟口小吃
The Presidential Office Building	**Keelung Miaokou Snacks**
☐ 中正紀念堂	☐ 大坑森林遊樂區
Chiang Kai-shek Memorial Hall	**Dakeng Scenic Area**
☐ 台北忠烈祠	☐ 台中民俗公園
Martyrs Shrine	**Taichung Folk Park**
☐ 國立故宮博物院	☐ 六合夜市
the National Palace Museum	**Liu-ho Night Market**

6

觀
光

□ 愛河公園	□ 花蓮海洋公園
Love River Park	**Hualien Ocean Park**
□ 墾丁國家公園	□ 棲蘭森林遊樂區
Kenting National Park	**Cilan Forest Recreation Area**
□ 八大森林博覽樂園	□ 五峰旗瀑布
Bada Forest Theme Park	**Wufongci Waterfalls (Wufongci Scenic Area)**
□ 太魯閣國家公園	
Taroko National Park	

10 我要看獅子王　　　　●MP3-2: 86

I'd like to see <u>The Lion King</u>.
我想看獅子王。

□ 美女與野獸	□ 芝加哥
Beauty & the Beast	**Chicago**
□ 貓	□ 42號街
Cats	**42nd Street**

⑪ 買票看戲　　　● MP3-2: 87

❶ We have to wait in line to buy our tickets.
我們購票必須排隊。

❷ Are there any seats?
有座位嗎？

❸ How much is a ticket?
一張票多少錢？

❹ Any concessions?
有沒有優惠價？

❺ Sold out.
全部售出。

❻ What time is the next show?
下一個表演是在什麼時候？

❼ Is there an intermission?
有沒有中場休息時間？

❽ Can we drink / eat inside?
我們可以在裡面飲食嗎？

❾ Is there a student discount?
你們會給學生打折嗎？

❿ Do you have any cheaper seats?
你們有沒有較便宜的座位？

⑪ Could I have a program please?
可以給我節目表嗎？

⑫ I want a good seat.
我要好位子的。

⑬ Three tickets, please.
請給我三張票。

⑭ Two VIP seats, please.
兩張對號票。

⑮ Two tickets for next Friday.
兩張下星期五的票。

6

觀光

⑯ I want to get her autograph after the show.
表演完後，我要請她簽名。

⑰ Could you please remove your hat. I cannot see.
能否請你脫掉帽子，我看不到。

小小專欄

★ 若你在美國要進電影院 "movie theater" 看電影，基本上大部分電影院是不清場的，所以你看完還可以去別的廳看其他電影。 一張票可以多看幾部很划算。還有 "early bird discount" 早鳥優惠票喔！

好用單字

☐ 中間的座位	**center seats**
☐ 交響樂團	**orchestra**
☐ 夾層前排	**front mezzanine**
☐ 夾層	**mezzanine**
☐ 夾層後排	**rear mezzanine**
☐ 包廂	**balcony**
☐ 非對號座位	**unreserved seat**
☐ 站位	**standing room**
☐ 白天場	**matinee**
☐ 晚上場	**evening performance**

12 哇！他的歌聲真棒 ●MP3-2: 88

Wow ! The <u>singer</u> is wonderful!
哇！這<u>歌手</u>真棒！

☐ 電影	☐ 諷刺短劇
movie	**skit**
☐ 表演	☐ 戲劇
show	**play**
☐ 百老匯表演	☐ 芭蕾舞
Broadway show	**ballet**
☐ 電影	☐ 戲劇
film	**drama**
☐ 音樂會	☐ 遊行
concert	**parade**
☐ 歌劇	☐ 露天劇場
opera	**open-air theater**

6

觀
光

📖 例句

1 **Bravo!**
太棒了！

2 **Fantastic!**
太美了！

3 **Encore!**
再來一次！ 安可！

4 **Awesome !**
太了不起了！（真是糟糕！）

---

13 附近有爵士酒吧嗎　　● MP3-1: 89

Is there a <u>jazz pub</u> around here?
附近有<u>爵士酒吧</u>嗎？

□ 鋼琴酒吧	□ 酒店
piano bar	**cabaret**
□ 夜總會	□ 小餐廳
night club	**cafe**
□ 舞廳	□ 咖啡廳
disco	**coffee shop**
□ 主題餐廳	□ 賭場
theater restaurants	**casino**
□ 酒吧	
bar	

I'll have <u>champagne</u>.
我要<u>香檳</u>。

☐ 威士忌	☐ 龍舌蘭酒
whisky	**tequila**
☐ 白蘭地	☐ 不加水
brandy	**it straight**
☐ 蘇格蘭威士忌	☐ 加水
Scotch	**it with water**
☐ 琴酒	☐（啤酒）小杯
gin	**a half pint**
☐ 馬丁尼	☐（啤酒）大杯
a Martini	**one pint**

6

觀光

小小專欄

★ **lounge bar** 高級酒吧
★ 在美國要年滿 **21** 歲才能進去夜店或任何酒吧，並且 **bartender** 賣酒給客人時，一定要檢查過客人的 **ID** 身分證，確定年滿 **21** 才可以賣酒。

📖 例句

1 **Do you have a live performance tonight?**
今晚有現場演奏嗎？

2 **Do you have a dress code?**
有服裝限制嗎？

3 **How should I be dressed?**
我要穿什麼衣服？

4 **Would you like something to drink?**
您要喝些什麼飲料嗎？

5 **Some draft beer, please.**
給我生啤酒。

6 **Bourbon, please.**
給我波旁威士忌。

7 **Cheers!**
乾杯！

8 **One more, please.**
再來一杯！

14 看棒球比賽　　●MP3-2: 90

A seat <u>on the first base line</u>, please.
我要靠一壘的位子。

□ 靠三壘的 **on the third base line**	□ 靠外野的 **in the outfield section**
□ 靠內野的 **in the infield section**	□ 靠本壘的 **behind home plate section**

6
觀光

例句

❶ Which teams are playing?
哪一隊在比賽？

❷ What inning is it?
現在打到哪一局了？

❸ It's the bottom of the seventh.
打到7局後半了。

❹ What is your favorite team?
你最喜歡哪一隊？

❺ Baseball is one of the most popular sports in America.
棒球在美國是最受歡迎的運動之一。

❻ Play ball!
開始！

❼ Take me out to the ball game!
帶我去看球賽吧！

❽ Who do you think is going to win?
你認為哪一隊會贏？

I'm a <u>Seattle Mariners</u> fan.

我是西雅圖<u>水手隊</u>的球迷。

☐ 巴爾的摩金鶯隊

Baltimore Orioles

☐ 波士頓紅襪隊

Boston Red Sox

☐ 紐約洋基隊

New York Yankees

☐ 坦帕灣魔鬼魚隊

Tampa Bay Devil Rays

☐ 多倫多藍鳥隊

Toronto Blue Jays

☐ 芝加哥白襪隊

Chicago White Sox

☐ 克里夫蘭印第安人隊

Cleveland Indians

☐ 底特律老虎隊

Detroit Tigers

☐ 堪薩斯皇家隊

Kansas City Royals

☐ 明尼蘇達雙城隊

Minnesota Twins

☐ 洛杉磯天使隊

Los Angeles Angles of Anaheim

☐ 奧克蘭運動家隊

Oakland Athletics

☐ 西雅圖水手隊

Seattle Mariners

☐ 德州游騎兵隊

Texas Rangers

好用單字

□ 棒球賽	**baseball game**
□ 投手	**pitcher**
□ 捕手	**catcher**
□ 打擊者	**batter**
□ 教練	**manager**
□ 三振	**strikeout**
□ 四壞球	**walk**
□ 盜壘	**steal**
□ 全壘打	**homerun**
□ 再見全壘打	**walk off home run**

6

觀光

I'd like to go to a <u>basketball game</u>.
我要去看<u>籃球賽</u>。

☐ 美式足球賽	☐ 高爾夫球賽
football game	**golf match**
☐ 足球賽	☐ 曲棍球賽
soccer game	**hockey game**
☐ 棒球賽	☐ 拳擊賽
baseball game	**boxing match**
☐ 網球賽	☐ 賽車
tennis match	**car race**

例句

1 **Who is your favorite player?**
你最喜歡哪個選手？

2 **I'm a big fan of the New York Knicks.**
我是紐約洋基隊的超級球迷。

3 **May I have your autograph?**
能請你簽名嗎？

4 **Where is the entrance?**
入口在哪裡？

5 **Where is the concession stand?**
販賣場在哪裡？

6 **Shoot it!**
投籃！

7 **Defense!**
防守！

8 **Nice pass!**
傳（球）得好！

9 **Nice shot!**
投（球）得好！

10 **All right!**
太棒了！

6

觀
光

☐ 傳球	**pass**
☐ 裁判	**offcial**
☐ 犯規	**foul**
☐ 灌籃	**slam dunk**
☐ 大滿貫	**grand slam**
☐ 得分	**score**
☐ 觸地得分	**touchdown**
☐ 18比20	**18 to 20**

unit

7 生病了

1 你臉色來不太好呢

MP3-2: 92

1 **You don't look well.**
你臉色看起來不太好。

2 **What's wrong?**
你怎麼了？

3 **I think I'm sick.**
我想我生病了。

4 **I think you had better to go to see a doctor.**
我想你還是去看醫生。

5 **Call 911, please.**
麻煩你打911。

6 **Where's the hospital?**
醫院在哪裡？

7 **Where's the doctor?**
醫生在哪裡？

8 **I'll be OK. I just need to rest.**
我沒關係，我只是需要休息一下。

9 **Do you have any vitamin C?**
你有維他命C嗎？

10 **Can you make me some chicken soup?**
你可以做雞湯給我吃嗎？

11 **I need to lie down.**
我需要躺下來。

12 **Are you OK?**
你還好嗎？

★ [I think I'm sick] 中的 "sick"（生病）指身體不舒服的或是生病的，通常指的是比較輕微的病；而 "ill"（病）可能危及生命的重病，有時也指令人感到不舒服或病態。在美國除非病得很嚴重，才會到醫院去看醫生，否則如果只是個小感冒，美國人通常只是到藥房買藥。這跟我們一有小感冒，就到醫院看醫生是不一樣的喔！

2 我要看醫生　●MP3-2: 93

I'd like to see <u>a medical doctor</u>.
我要看內科醫生。

☐ 外科醫生	☐ 婦科醫生
a surgeon	**a gynecologist**
☐ 眼科醫生	☐ 小兒科醫生
an ophthalmologist	**a pediatrician**

3 我肚子痛　　　●MP3-2: 94

I have a <u>stomachache</u>.
我<u>肚子痛</u>。

□ 頭痛	□ 發燒
a headache	**a fever**
□ 流鼻涕	□ 咳嗽
a runny nose	**a cough**
□ 背痛	□ 喉嚨痛
a backache	**a sore throat**
□ 牙痛	□ 食物中毒
a toothache	**food poisoning**
□ 耳朵痛	□ 腹瀉
an earache	**diarrhea**
□ 感冒	□ 胃灼熱
the flu	**heartburn**

7

生病了

小小專欄

★ **[I have a stomachache]** 是「我胃痛」的意思。一定要注意喔！這裡要用動詞 **"have"**，不可以用 **"do"** 喔！

I feel weak.
我覺得渾身無力。

☐ 渾身發冷	☐ 想吐
chilly	**sick**
☐ 非常疲倦	☐ 很不舒服（很可怕）
very tired	**terrible**
☐ 身體發熱	
feverish	

小小專欄

★ **[I feel weak.]** 意思是「我覺得渾身無力，虛弱的」。類似的說法還有：**[I don't feel well.]**、**[I am not feeling well.]** 等。

222

I am <u>cold</u>.
我在<u>發冷</u>。

☐ 頭暈 **dizzy**	☐ 對…過敏 **allergic to…**
☐ 昏沉沉 **drowsy**	☐ 便秘 **constipated**

📖 例句

1 **I feel weak and have a headache.**
我感到渾身無力而且頭痛。

2 **It's a little better now.**
現在感覺好一點了。

3 **Maybe I'm too tired these days.**
可能這幾天我太累了。

4 **I hope you'll get well soon.**
希望你快點好起來。

5 **Thanks for your concern.**
謝謝你的關心。

6 **Thanks for taking such good care of me.**
謝謝你照顧得這麼好。

7 **Do you have any asprin?**
你有阿司匹靈嗎？

8 **Thank you for helping me.**
謝謝你的幫忙。

7

生病了

☐ 腸胃炎	**GI** (gastrointestinal) **infection**
☐ 心臟病發	**heart attack**
☐ 高血壓	**high blood pressure**
☐ 哮喘	**asthma**
☐ 糖尿病	**diabetes**
☐ 骨折	**a broken bone**
☐ 抽筋	**a sprain**

My <u>head</u> hurts.

我頭痛。

☐ 肚子	☐ 手臂
tummy	**arm**
☐ 腳	☐ 喉嚨
foot / feet	**throat**
☐ 背	☐ 牙
back	**tooth**
☐ 手腕	☐ 脖子
wrist	**neck**
☐ 耳朵	☐ 膝蓋
ear	**knee(s)**
☐ 下背部	
lower back	

7

生病了

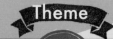

4 把嘴巴張開

● MP3-2: 95

1 **Do you feel any discomfort?**
你有覺得什麼地方不舒服嗎？

2 **Aren't you cold?**
你會不會冷？

3 **I don't feel like eating.**
我沒有胃口。

4 **Please lie down.**
請躺下。

5 **Does it hurt?**
這裡痛嗎？

6 **Open your mouth.**
把嘴巴張開。

7 **Please say "Ahh".**
請張口說：「啊」！

8 **Let me look at your eye.**
讓我看看你的眼睛。

9 **Apply the ointment.**
塗藥膏。

10 **I'll write you a prescription.**
我幫你開藥方。

11 **Take a deep breath.**
深呼吸。

12 **We need to take an X-ray.**
我們需要幫你照X光。

⑬ Can I continue my trip?
我可以繼續旅行嗎？

⑭ You will get well in one week.
大約一星期就好了吧！

⑮ Do I need to be hospitalized?
我需要住院嗎？

⑯ Yes. / No.
需要。／不需要。

7

生病了

1 **Three times daily.**
一天服用三次。

2 **It's on the bottle here.**
說明寫在瓶上。

3 **Take this three times daily.**
要每天服用這個三次。

4 **Take this after meals.**
飯後服用。

5 **Do not take it with juice.**
不要和果汁一起服用。

6 **7 days of medication.**
七日用藥。

7 **Are you allergic to any medication?**
你有沒有對什麼藥物過敏嗎？

8 **Apply this ointment to the wound.**
把這藥膏塗在傷口上。

9 **Oral medication.**
口服藥。

10 **For children under 3 years of age.**
三歲以下的兒童用藥。

11 **Consult a doctor before using.**
服用前請諮詢醫生。

12 **Drink plenty of fluids.**
要喝大量的流質。

13 **Get plenty of rest.**
請多多休息。

14 **Do not take this on an empty stomach.**
請不要空腹吃。

⑮ **If you don't feel better in a few days, please give me a call.**
幾天後還不見好，請打電話給我。

⑯ **I am covered by travelers' insurance.**
我有旅行保險。

好用單字

☐ 藥局	**pharmacy**
☐ 感冒藥	**cold medicine**
☐ 退燒藥劑	**an antipyretic**
☐ 胃藥	**medicine for the stomach**
☐ 消化藥	**a digestive**
☐ 抗生素	**antibiotics**
☐ 阿司匹靈	**aspirin**
☐ 止痛藥	**pain killer**
☐ 保險套	**a condom**

7

生病了

☐ 痰	**phlegm**
☐ 汗	**sweat**
☐ 腫脹	**swelling**

小小專欄

★ 在藥局也有成藥是不需要醫師處方簽的，我們稱之為 "OTC over the counter drugs"，但是大部分藥品還是需要醫師處方才能買。

6 我覺得好多了　　　● MP3-2: 97

❶ I feel much better.
我覺得好多了。

❷ I'm OK now.
我現在沒事了。

❸ I'm doing fine.
我復原得不錯。

❹ I'm better now.
我好多了。

❺ I'm as good as new!
我現在又是一條活龍。

❻ I'm as healthy as a horse.
我壯得像頭牛。

unit

8 遇到麻煩

1 我遺失了護照　　◉ MP3-2: 98

I lost my passport.

我遺失了護照。

□ 信用卡	□ 飛機票
credit card	**flight ticket**
□ 鑰匙	□ 項鏈
keys	**necklace**
□ 照相機	□ 手錶
camera	**watch**
□ 行李	□ 眼鏡
luggage	**glasses**

小小專欄

★ 我們來比較 [thief, robber, burglar] 的不同：

thief：小偷。趁人不注意時，偷偷的竊取他人的財物者。

robber：強盜。以武力強行脅迫被害人交出財物者。

burglar：闖空門的小偷。趁著夜晚或屋主不在時，闖入住宅行竊的小偷。

My <u>wallet</u> was stolen.
我的<u>皮夾</u>被偷了。

☐ 飛機票	☐ 手提箱
airline ticket	**suitcase**
☐ 筆記型電腦	☐ 皮包
laptop	**bag**
☐ 提款卡	☐ 手機
ATM card	**Cell phone**
☐ 戒指	☐ 錢
ring	**money**

2 我把它忘在公車上了　　● MP3-2: 99

I left it <u>on the bus</u>.
我把它忘在公車上了。

☐ 在火車上 **on the train**	☐ 在飯店裡 **in the hotel**
☐ 在桌上 **on the table**	☐ 在101房裡 **in room 101**
☐ 在計程車裡 **in the taxi**	☐ 在收銀台上 **at the cashier**

📖 例句

1 **Stop! Thief!**
不要跑！小偷！

2 **Help! I've just been mugged!**
救命啊！我被搶了！

3 **Oh, no! What shall I do?**
天啊！我該怎麼辦？

4 **I am having some trouble.**
我遇到了麻煩。

5 **I think someone took it.**
我想有人拿去了。

8

遇到麻煩

6 **Can you help me find it?**
你可以幫忙找嗎？

7 **Would you help me, please?**
請幫助我。

8 **Oh, man! This is just great!**
天啊！這真是棒呆了！（說反話）

9 **Should I call the police?**
我該報警嗎？

10 **There was about 300 US dollars inside it.**
我裡面有大概三百美元。

11 **Don't worry, it must be somewhere around here.**
別擔心，一定就在附近。

12 **Keep an eye on your wallet and other belongings.**
小心自己的錢財。

小小專欄

★ 我們來比較 [save, help, rescue] 這三個字：

help：泛指一般情況中，因為別人遇到困難請求幫助，而伸出援手的動作。

save：強調將被幫助者從危險的狀態中解救出來。

rescue：指在面臨重大危難時的有計畫、有組織的拯救行動。

附錄

常用疑問詞

• Interrogative Sentence •

常用疑問句

· Interrogative Sentence ·

1 What 什麼

❶ What's this?
這是什麼？

❷ What's that?
那是什麼？

❸ What time is it?
現在幾點？

❹ What do you like?
你喜歡什麼？

❺ What sports do you like?
你喜歡做什麼運動？

❻ What is your name?
你叫什麼名字？

❼ What do you do (for a living)?
你從事什麼行業？

❽ What day is today?
今天是星期幾？

❾ What's your phone number?
你的電話號碼是幾號？

❿ What is your favorite color?
你最喜歡什麼顏色？

⓫ What school do you go to?
你就讀哪一間學校？

⓬ What is in your pocket?
你口袋裡有什麼東西？

⓭ What did you buy?
你買什麼？

2 Where 在哪裡

❶ Where is it?
它在哪裡？

❷ Where do you live?
你住哪裡？

❸ Where are you going?
你要去哪裡？

❹ Where is the bathroom?
廁所在哪裡？

❺ Where are you from?
你是從哪個國家來的？

❻ Where do you work / go to school?
你在哪裡工作／唸書？

❼ Where is my jacket?
我的夾克在哪裡？

3 Who 誰

❶ Who is that?
那個人是誰？

❷ Who are you?
你是誰？

❸ Who is it?
是誰？

❹ Who is in charge here?
這裡的主管是誰？

❺ Who says?
誰說的？

❻ Who knows?
誰知道？

❼ Who can help us?
誰可以幫我們？

4 Which 哪個／哪些

1 Which one?
是哪個？

2 Which one do you want?
你要的是哪個？

3 Which one do you like?
你喜歡哪一個？

4 Which one is yours?
哪一個是你的？

5 Why 為什麼

1 Why are you here?
你為什麼會在這裡？

2 Why did you do that?
你為什麼會做那件事？

3 Why not?
為什麼不？

4 Why do you ask?
你為什麼這麼問？

5 Why should I?
為什麼我應該這麼做？

6 How 如何

1 How are you?
你好嗎？

2 How do you do?
您好嗎？

3 How can I get there?
我怎樣才能到那裡？

4 How is the weather?
天氣如何？

5 How is the steak?
這牛排好吃嗎？

6 How long does it take to get there?
要多久才能到那裡？

7 How many people?
有多少人？

8 How much?
多少錢？

9 How did you know?
你為什麼會知道？

10 How come? (= Why?)
怎麼會(變成這樣)？

11 How can I contact you?
我該怎麼聯絡你？

邊 玩 邊 說
旅遊英語 [25K ＋MP3]

【 I good 英語 12 】

■ 發行人／**林德勝**

■ 著者／Arthur Quinn（亞瑟肯恩）

■ 監修／**楊育萍**

■ 出版發行／**山田社文化事業有限公司**
　地址　臺北市大安區安和路一段112巷17號7樓
　電話　02-2755-7622　02-2755-7628
　傳真　02-2700-1887

■ 郵政劃撥／**19867160號　大原文化事業有限公司**

■ 總經銷／**聯合發行股份有限公司**
　地址　新北市新店區寶橋路235巷6弄6號2樓
　電話　02-2917-8022
　傳真　02-2915-6275

■ 印刷／**上鎰數位科技印刷有限公司**

■ 法律顧問／**林長振法律事務所　林長振律師**

■ 書＋MP3／**定價　新台幣 310 元**

■ 初版／**2018年 06 月**

本書為《7天學會365天用的旅遊英語》修訂版

© ISBN : 978-986-246-497-7
2018, Shan Tian She Culture Co. , Ltd.